内藤喜美子詩集

Naito Kimiko

新・日本現代詩文庫
140

土曜美術社出版販売

新・日本現代詩文庫　140　内藤喜美子詩集　目次

詩篇

詩集『落葉のとき』（二〇〇八年）抄

詩集『稚魚の未来』（二〇一二年）抄

詩集『夢を買いに』（二〇一五年）抄

Ⅰ

Ⅱ

未刊詩篇

エッセイ・小説

解説

詩篇

詩集『嵐のあと』（一九八一年）抄

内藤喜美子への言葉

ここのところ、女性詩人の詩集が礼状も書けないほど沢山寄贈されるが、男性のそれより数多い。いままでにない現象である。それらを全部読んでのことではないが、こんど出る「時間」同人内藤喜美子の詩集は、読みごたえのある詩集の一つだ。

内藤喜美子とは会ったことはなかったが、彼女の若いときから、私は「東電」が出していた「東電文化」の詩欄の選者だったので、なじみなのだ。

その当時から彼女の詩は群を抜いていたが、この詩集ほど成長するとは想い及ばなかった。こんど纏めた原稿を読んで、内藤喜美子のだいたいどの作品も、内藤喜美子が、その半生において、日常生活や職場のことなどを書くに当って、対象に対し興奮せず、じっくり冷静に見、感じて、表現しているのが目立つ。

女性一般は、自分の子のことになると、親馬鹿となるものだが、内藤喜美子はそうではない。自己との関係を冷静に見ている。内藤喜美子の詩的資質はこの一事でもわかるだろう。

一九八一年二月

北川冬彦

第一部

宴

透けて見える心を
覗かれてしまうと
盛況を来たす敗者の宴

杯から
こぼれ落ちる苦い滴りに
虚勢を張った肩が
小さな砂山となる

ある女

その女は
言葉を飲み込む
魔術師

さざいなからくりの
崩れが招いた種あかしに
ひろがる波紋

女は言葉のかけらを
拾い集めて土に埋めた
茶色いざわめきが
大地をゆする

吐息の中に幾何学模様の
言葉が
はめこまれ
定理をくつがえした曲線が
光って見えた

もつれ

夏の日
はげしくいなずまが走ると
停止していた
感情の歯車が
うごき出す

光の針が
行く手につきささり
ゆれる車の軋み

雨のたたく音に
とり戻した自分が
水たまりのなかに小さく
歪んでいる

捨てることのできない青空を
心の画布にえがいて
私は歯車に青いペンキを塗る

戦い

戦いの火蓋が
切って落とされた時
男に変装した女は弾丸の雨を潜って

悲鳴のトンネルをつき進む
躓けば己が蹴落とされる
凄まじい戦場
女は冷静な心を
馬の背中に詰め込んで
鞭を振る

とつぜん
予期せぬたつまきに
剝ぎとられた仮面
地上に打ちのめされた女の耳元に
鋭い言葉の刃がひかる
戦場の弾丸よりも
もっと激しく
心の壁に押された黒い烙印
遠ざかる馬の蹄が
意識の底に余韻を残す

夕映えの雲をちぎって
空に浮かべると
女であることの悲しみが
胸にこみ上げてくる

ころがった仮面の中で
目玉だけが生きていた

十二月

色褪せた女のあがきが
たった一枚残されたカレンダーの中に
蹲っている

脳髄の僅かなひだに

折りたたまれた鮮烈な思い出は
秋風と共に吹き抜け
木枯が現実の袖を引く
落葉の彩に
染め上げられた記憶の断層から
したたる時間のメカニズム

鏡に向かって紅を引くと
やるせない想いで
まいおりてくる秋の残骸
はがれかかった十二月が
心の扉に鋲を打つ

少年の日々

文字で敷きつめられた絨緞の上に
尖った規律が居坐っている
躍動する体も心も
制服に繋がれて半減するエネルギー
狭い頭脳に打ちこまれた数本の針が
時おりちくちく痛み
少年は濁った空気を細々と吸った
仕掛けられたベルトコンベヤーの油が
夢を汚染する

燃える太陽に向かって
思いっきりサッカーボールを蹴る瞬間
少年の目に光が戻り
心に青空がひろがる

自己との戦いに挑むため
疲れた体の疼きが
少年を数字の山に駆りたてる

休みなく回り続ける機械
組み込まれた部品を外せば
コンベヤーが止まることを知っていたが
少年は沈黙のなかに
ネジを納めた

私のピラミッド

雄大などっしりとしたピラミッド
昼は太陽を凝視して
夜は星の数さえ解らねばいけないのに
耳もとを通り過ぎようとするかすかな石の
呼吸さえが気にかかる

底辺のぐらつきは
原型を破壊して
石のなかに嘲笑の巣をつくる

敗けてはだめ！

ピラミッドの頂上に反射鏡をセットして
力強い垂線を引くと
石との対話に
底知れない喜びが
積み上げられることであろう

第二部

涙のいろ

赤

青
紫

私の目が
シャボン玉になった

パチンと
誰れかに割られたとき
赤と
青と
紫は
同時にひやあせをかいた

寒い夜

風呂の中に
しあわせの魚が泳いでいた
両手を
広げても
すくいきれない魚

食卓の
スープの中にも
銀色の魚を見た
―寒かったでしょう―
笑ってごはんを盛ってくれる
母の声に
魚のにおいを感じ
あついスープを口にした時
何匹もの魚《それ》を味わった

私の周りを
いつも泳いでいるしあわせの魚

こんな夜は
とっても
お前がいとおしい

現代

ヘッドライトの中の現代には
サングラスが
いくらあっても足りない

いやになりますねえ
毒虫を
内蔵する人間ばかりが
ふえて

光を気にして
歩いている現代人の
ほりの深いメランコリー

「あんた
　ほんとうにあの人を信じてんの！」

息子に

童話の中を
飛びかう息子は

二歳
うさちゃんの話《はなし》の時は
息子の目は赤くなり
長い耳がはえてくる
ぞうさんの話《はなし》には
息子の鼻も長くなり

耳は大きくふくらんでくる

仕事のある私《ママ》は
昼間の留守の埋合せに
床の中で
一生懸命童話を語る
息子はお話が大好きで
うさちゃんや
ぞうさんと遊びながら
夢の中へとかけていく
満足げな
息子の寝顔を見ていると
そっとほほずりをして
抱きしめたくなる
　今ごろは
どんな夢を見ているだろうか
ぞうさんになっているかな
それともライオンかもしれない

寝顔を見て
出勤することもある
そんな私を
息子はどう思っているだろうか
　ごめんなさい
でもいつかは息子にも解ってもらえる
時が来ると思う
働くことの意義を
無意味に生きる人に
なって欲しくないママの考えを

童話の中で
豊かな知識を吸いとって
いい子に成長してネ！
長い人生の旅路に

はやく息子と一緒にはける
靴をさがしたい

息子と私

息子は
正確なレンズを
二つ持っている

強い光に
反射したレンズの
焦点が
私の目の中で結ばれると
紫の雨を降らす

ふちどりもない
レンズに写るものへの
真実が
息子の心に芽ばえたとき
ドキッとする

レンズは
だんだん大きく
より正確度を増し
萎んでいく私の人生を
写していくのだろうか

願望のかげで
あせりが
雨上がりのしずくのように
ぽとりと
地上に落ちた

朝陽

金色の
目薬を注ぐと
まぶたから
こぼれ落ちる
きららな琥珀

いっしゅん
消えた
にじ

立春

白い空気の死体が
盗まれた朝
人々は
黄色い光の
とりこになっていた

春

太陽の輪投げが
盛んになると
心の遊園地に
花が咲く

詩集『警笛』（一九八八年）抄

悪夢

老夫婦の真新しい家の南側には
広々とした空地があった
開け放された窓へは日ごと光の花束が
巣立った子供たちから届けられ
幸せの香りに酔っていた

ところがそんなのどかな風景が
とつぜん土砂に埋まり始めた
急速に地盛りが進み鉄骨が空を引き裂く
次第に完成していくビルの透き間から
僅かに差し込む光
空があるのに陽は屋根を通り越して
遥か遠くへと接点を結ぶ
閉された窓には花の香りさえ残っていない

降って湧いたような悪夢を
どう受け止めてよいのか
老夫婦のやり場のない怒りが
薄暗いビルの裏側に充満していた
破壊された細やかな幸せ

南側のその場所には
「○○歯科」の看板を掲げたビルが
光をふんだんに浴びて
あんぐりと口を開けている

女たち

買物かごが氾濫する夕暮どき
店頭の至る所で作られる小さな吹きだまり
女たちは話の城壁のレンガを一枚一枚高く積みあげる
見えない敵に向かって
身構えするかのような姿勢で
互いに認め合っているものがある

値上げ値上げと脅かされ
顔は引きつり
破け
不満で継ぎはぎだらけだ
けれどどうしたことか
けっこう吹きだまりの葉っぱの色や風の音を
楽しんでいる顔が見える
深刻さを消化しきれない女たちの
浅瀬に浮いたもみじの紅が鮮やかだ

夕暮の街で買いこむ重苦しい袋の中身も
すり鉢の底で丁寧に砕き
食膳に器用な手つきで笑顔を並べ男を待つ
女たちは時を削りながら
屑に埋もれて
幸せそうな表情を作ることにすっかり慣らされている

自由という靴

何本も用意されている

人生のくじ

ためらいながら引いた人も
自信に満ちて引けた人も
もし時の上に
悔恨の塵を積もらせる事があったとしたら
はたきを持つのはよそう

はたけば
はたくほど
塵は宙に舞い上がり
そっとしておけば気づかなかったものまでが
暴露してしまうから

引いてみなければ分からないが
引いてしまえばもう後戻りは難しい
たとえ外れくじでも
ひたすら富くじと信じるほうがいい

くっついたり
離れたり
自由という靴を履いた現代人の爪先は
男も
女も
赤く腫れている

苛立ちの森

つり橋の向こう側には
霧でかすんだ森が見える
雨上がりの木の葉が
空に無数の電波を発信している

水嵩を増した
渓流の素顔は激しく歪み
岩肌を叩き
石ころを抹殺する
ひたすら底に這いつくばい
濁水の鎮まる時を待つ

投げた石の感覚で
深度を計ると
緊張感がわずかに緩む
吸い込まれそうな目玉を角膜に納め
風景を連れ戻す

とつぜん
前方の森が揺れて
白い輪郭の破れ目から
一羽の鳥が上空に飛び立った

真赤な夕映えを啄み
野望をくわえて羽撃きながら

容易に渡りきれないつり橋
見え隠れする樹木の呼吸が項に
熱く吹きかかり
苛立ちの森は
ますます白くぼやけていく

黒い鳥

怪しげな黒い鳥たちは
密かに薄暗いトンネルの中で孵化される
一羽　二羽とそこから飛び出た雛は
太陽の光とふんだんな空気に胸をおどらせ
臆面もなく丸々と肥えていく

生い立ちの秘話は禁句

病巣ではこぞって
トンネルの臭いが染みついた鳥たちを歓迎し
菌をはびこらせる
たとえ憩いの広場に
大量の糞が落とされても彼等は黙殺する

銃口を向け鳥たちに狙いを定めても
的を感知してか
素早く身をかわす
決して撃ち落とされるへまなどしない
嘲笑う悪の翼

だが　これ以上大地を汚染させてはならない
力を合わせて黒い鳥たちと戦うのだ

蟻

ひとかけらの
甘味なものに群がる
黒い塊
蟻の嗅覚は距離をも超越する

列を成した
点と線の妙技は
伝達の構図
何者も寄せつけない威力を編み出しては
目的地に突進する

所かまわず
たとえ人間様の家屋であろうと

侵入を拒むことはない
驚異の世界は
やがて殺気を導く引き金をつくる

構図は乱れ
踠き
苦しみ
黒い塊は疑惑を残して
文明が発射する毒素の下に伏す
折り重なった死骸をかき分け
人間の面をした蟻が
数匹這い出し
性懲りもなく嗅覚のアンテナを
建て直していた

切り花

その時
みずみずしい切り口は
炎に焼かれ
ひたすら念仏を唱えていた
つい先ほどまで
湿った大地の床で
光にまどろんでいた花々

刃物の次に襲って来た火焙りの刑を
予測出来ようはずがない
彼等は蒼白な顔を引きつらせ
小さく固まって
赤や黄色の恐怖心をのぞかせる

焦げた肌が
にわかに冷水につかると
体の中を逆流する快感
項垂れていた花々は首をもたげ
そっと血の音に耳をそばだてた
すべてを許容するかのように

茎から葉先まで
ピンと張りつめた花の肢体
日常の中に残酷さを拡げ
女は水盤に満たされない分だけ
想いを活ける
剣山に突き刺された花々の叫びを
美徳の底に沈めて

ぶよ

一匹二匹と
時間の網目をくぐって
私の領域を犯し始めるぶよの群
頭上を旋回し
視界すら遮ろうとする
無防備な私の水晶体に飛び込むぶよ

軽い眩暈を
ペダルで支えて
雑草の生い茂る川べりを
自転車で走る
深い緑の吐息が荒々しい

たそがれの路上に
街灯がともると
蛾や虻に混じってぶよの群も
あかりの囲りを狂ったように飛び交う

位置を隔てて見ていると
彼等の生態がつかめそうだ

車輪を止め
今出て来たばかりの
姑がいる病院を振りかえると
白いコンクリートの建物が無表情で
ぬっと立っていた
中から漏れる薄あかりに
ぶよは群がっているだろうか
私は自分の中のぶよと戦う
血を吸われても
時間を食いちぎられても

痛み

病室のドアーを開けると
ベッドから光沢のない目だけが一斉に集中する
微かな期待感が萎み
患者たちの屈折した視線が力なく床に落ちる
胸元に走る痛みを堪えて父を見舞う
父は控え目に笑みを浮かべた

白い壁と
白い天井
大部屋に並んだ白いベッド
白衣の医師と看護婦

色彩に飢えた患者たちは白からの脱出を願い
いつも絵筆は滴りそうだ

先行する意識に追いすがる体
生き抜くための無言の叫びが暗い目の底から
噴き出している
私は背中に貼りついて離れない重いものを引き連
れて
病室を出る

羽の存在

鳥は鳥であることを忘れていた

軒下の籠の外に拡がる世界は
その中を飛び回るためにあるのではなく
ただ眺めるためのものだと思い込んでいた

与えられる決まりきった餌と水
四角いわずかばかりの空間に縮小された自由
羽撃くことすら許されず
次第に羽の存在への疑惑に悩まされる

鳥は鳥であることを思い出していた

餌箱の中身を足で引っかくと
一面に散乱する憤怒
人の指先を内側からつつき精いっぱい抵抗しても
籠の中の世界には何の変化も起こらない
空しさだけが羽をふくらませてくる

飼われた鳥は鳥であることを忘れることだ
そうでないと生きては行けないのだ

視覚

向こう側のビルの窓ガラスが
あたりの風景を飲み込んでいる
窓枠に突き刺さった工事中の赤い鉄骨

数字を書く手を止めて
視線をまっすぐ投げかけると
丁度大きなキャンバスを見るように
反対側の景色が
椅子に坐ったままで見ることができる

私の椅子の位置からでは
見えなかった窓ガラスのからくり
一つ席をずらしただけで

こんな展開があろうとは予測もしなかった
たまには角度を変えてみると
違った世界を知ることが出来るものだ

見てはいないのに見えるもの
見られていないと思っていても
必ずどこかにある眼

現代社会のミステリアスなレンズに
私たちの日常は
いつも監視され
その視線を避けるように
人々は大きなサングラスをかけたがる

爆ぜる

白菊の花園で笑っている父
呼んでもただ黙って笑っている父
どうしたというのだろうか
菊の薫りがいつもと違っている

花園には蝶が飛んではいない
線香の匂いが充満し
何処からか読経が響いてくる
大きな蠟燭の炎がゆらゆらと揺らめいて
幻想の世界の使者が来る

門前に並んだ沢山の花輪
山積みの供物と弔問客の列

ただごとではないこの儀式の
花園の真中に父はなぜ居るのだろうか
私の脳裏が深い霧で覆われてくる

何も答えてくれない訳だ
黒い縁取りのガラスの中に押し込められていた父
花かげが額に永遠の紋章を刻む
外では真夏の太陽が容赦なく照りつけている
汗が喪服の下を滝のように流れているのに
なぜか少しも暑さを感じない

目を閉じると
追想の橋の上から
満ち足りた表情で手を振っている父
穏やかな優しいまなざしが眩しい

献身的な母の看病を受け

愛に包まれ
本当の花園へと旅立って行った父
樹齢八十四年の幹に
たわわな思い出が爆ぜる
（昭和六十二年七月十六日　父　没）

陽炎

氷細工のような薔薇の花々が
じっと息を止めたまま
霜のテーブル・クロスの上で
寒さに震えている

朝陽がのぼり
鈍い光の愛撫に
凍結した花々の恥じらいが
息を吹きかえさせる
長い間この薔薇園で
繰り広げられた美の競演の
残骸が
名ばかりの冠をつけ
困憊している

花は息絶え絶えに
冬空を仰いでいるというのに
幹は逞しく太く育ち
鋭い刺の内部にはたぎるような情熱を蓄え
次の出番を待っている

四季咲きの薔薇の花は
根を張っている限り
花が朽ち

枝を剪定されてもすぐ芽ぶき
数ケ月で再び開花する

薔薇園の中は
明るい騒めきでいっぱいだ
希望の陽炎が立ちのぼる

舞う少女

螺旋を描きながら
鮮やかなリボンが舞い上がる
緊張感の緩みなど
そこでは許されない
気を抜けば
螺旋状の美は崩れ
見るも無残な結末を呼ぶ

長いリボンを空中で操る技法と魔術で
曲と一体化した肢体
少女の薄紅色の肌が蝶のように
軽快に飛翔する

丸みがかった腰と
微かな胸のふくらみが
少女から娘に脱皮を遂げはじめた肉体の美学として
彩られる

けれども
リボンが羽に絡んで
その動きを止められたとき
焦りと不満の危険信号が乱発される
蝶は蝶であることの存在と方向を

見失いそうになることがある
そんな時、親はどんな指針を出したら良いのだろうか

少女は必死で宙をとぶ
とびながら過渡期の人生を模索している
コン棒や
縄や
輪の小道具を備えて

詩集『石の波紋』（一九九六年）抄

分岐点

金箔を貼り付けたような
高層マンションが
紅葉した樹木の頭上で
釣瓶《つるべ》落としの秋の日を
引っ張り上げている

ほんの数分間だけ見ることが出来る
名画の中で
絵筆になぞられるまま
私も黄色い薄化粧に恍惚となる

だが　瞬く間に

失われてしまう名画
崩れ落ちる虚構の残像
マンションのベランダには
出しっぱなしの洗濯物が
無様な現実を晒して翻っている

ハッとわれにかえると
何かに急《せ》き立てられるように
家路への足が速まる
ペダルを漕ぐ力が
付き纏ってくる疲労を追い払う

ここは現実の分岐点
書類の山から駆け下りると
もう一つの山が見える

距離

視点の角度が
母親から
女へと変わるとき
娘の向けた矛先は鋭く冷やかだ

成長が降らす批判の雨は
古びた母親のコートに
染みこんで
じわじわと体を蝕む

それでも
脱げないコートを
しっかりと羽織って

飛んで来る刃物を巧みに
かわさなければならない事がある

卒業式の日
高校生最後の制服に
身を包んだ娘は
嬉しそうに私を見て微笑んだ

こみ上げてくる熱いもの
遠くなり始めていた
母親としての距離が
そのとき急速な縮まりを見せて
娘と私を同じブランコで揺すった

すると窓の外では紅梅が
俄に色めいた

石の波紋

石を投げる時の
ときめきは
投げる側だけにある
自惚れの証なのか

それを受け取る側は
決して同じ思いではなさそうだ
無責任なときめきの押し付けは
迷惑という言葉が生み出す
意にそぐわない贈り物

投げた石の波紋は
向こう岸には容易に届かない

稀に届いたものでさえ反応の薄い手が
岸辺に纏わりついているだけ

だが
受け止めてくれた石に
真心を忍ばせて投げ返してもらった時
喜びはさらに拡がり
石の温かさが肌に伝わってくる

石の形を
五本の指で確かめてみると
相手の心が感じられる
相手の言葉が聞こえてくる
相手の顔が石の中に見えてくる

痛み

じんじんと尾を引く
癒えることのない言葉の凶器
人知れぬその痛みは
薄い心の壁を崩し
再び修復されることはない

はがれ落ちた壁面の
ぽっかりと空いた傷口に押し寄せる
疑惑の豪雨

梅雨どきの
じっとりと重たい
湿気を含んだ　せせら笑いが

雨脚を駆り立て
さらに傷の深部にまで
凶器を潜ませる

雨の上がった雲の切れ間に
金色の矢が射られても
失った的を取り戻せずに
尖った言葉のぶつかり合う空間を
避けながら
行き場を探さなくてはならない

色褪せていく
紫陽花の花びらを縁取る
友情という錯覚の絆

戸惑い

低下した視力を脅かす
日々の戸惑い
狭まっていく視野が
薄絹で覆われ
更に混濁していく虚偽の世界

ぶ厚いレンズの反対側に見える
歪んだ映像が
矯正され
正常な視神経の針が
時を刻む

だが

その秒針に背く
残酷な花々の醜態に触れると
眼鏡を外したくなる

見なければ良かったのに
見てしまった花の芯
後悔の念が針を狂わす
途切れてしまう時間の繋ぎめに
羽を止める懐疑心

それでも花のたくらみに
目を瞑り
レンズの彼方に開ける爽快な場所を
追い求める
蝶の羽音

足で歩くこと

逆立ちした人間に対峙すると
すべてが逆さに見えてくる
それどころか
直立していたつもりの自分ですら
地面を両手で歩き出してしまう

掌に触れるさまざまな物体
至る所にガラスの破片
目が近づいた分だけ
路上の危険度に気付くが
手に靴を履く訳にはいかない

逆さに見る風景の不自然さ

腕の力で支えなくてはならない体の重みは
想像を絶する疲労を伴い
至難の技だ

だから私は常に足で歩きたい
当たり前に立って
当たり前の角度から物事を見つめ
当たり前の人間でいたい

春夏秋冬の風情を味わいながら
あなたとは二人だけで
山路をゆっくり踏み締めたいの
もう山をくだり始めてしまったけれど
麓までの道程《みちのり》には
履き易いスニーカーがいいですね

一本の樹

樹々の葉がそよいで　戯れる光の袖に
手品師の種を隠す
葉と葉の肌を擦り寄せる
媚びた仕草に騙されてしまった
がらんどうに蝕まれた幹

耳を傾けても
新鮮な樹液の流れる音など聞こえて来ない
まして根の爪先に
土との感触が生まれるはずもない
一本の樹として眺めたとき
はたして　それは樹と呼ぶことが出来るのだろう
か

樹帯を駆け抜けて行く風の声が
犇いている　いろんな樹木の耳元へ
厳しい言葉の飛礫《つぶて》を投げかける
だが　触れられることもない雑木の
這いあがる蔦の想いを誰が知ろうか

ふいに手品師の袖口から落ちてしまった種明かし
輝いていた葉の艶は薄れ
見とれていた樹々への羨望は
幹の空洞から消え去っていく
ほんとうの樹は何処にあるのだろうか

訪ねても
たどり着かない樹への道のり
迷路に陽炎が燃えて
新緑の季節が
明日への意欲を掻き立ててくれそうな気がする

啄ばむ

紫式部の紫が
ひときわ濃度を増すと
百舌鳥の眼が落ち着きを失う

早朝　どこからともなく現れては
細い枝にびっしりと付いた
つぶつぶのアメジストを啄ばみに来る
風もないのに
鳥の重さでそこだけが大きく揺れ
枝垂れている
百舌鳥の眼の中で秋がゆっくりと動いた

ある朝
どうしたことか百舌鳥が姿を見せない
不吉な予感が冷気を跳ね除け
一陣の風となって吹きこんできた

枯れ葉が舞う
悲しみが舞う
目覚めぬまま朝を迎えた人の訃報を
百舌鳥は知っていたのだろうか
受話器から迫ってくる知らせの声に胸が戦く

数日して　百舌鳥の姿を見かけたが
人の死を悼むように
実を啄ばむ様子もなく枝に止まっていた
窓を開けると
「キィー」とかん高い鳴き声を発し
逃げるように飛び去った

アメジストの破片が散乱する

吠える

真夜中に
救急車のサイレンが鳴る
人の不幸を察知してか
その音を追うように
悲しげな犬の遠吠えが聞こえてきた

夢路に迷い込んだ声は
出口が見つからないまま
いつまでも暗い夜の底にとどまり
呻いている

なぜ　犬はサイレンの音にだけ
異常な反応を示すのだろうか
あたかも
被災者の悲運のすべてを
嗅覚で捕らえているようだ

月あかりに
濡れた鼻を光らせて
犬は天を仰いで吠えている時
物凄い形相をしているにちがいない

事故が起きると
すぐ野次馬のように集まってくる群衆への
怒りからなのか
犬の発する警告状が次から次へと
夜空を旋回する

怪物列車

霧の海に向かって
太いレールの上を国という機関が走らす
怪物列車
法という味方を携え
怯むことなく時々牙などむき出して

窓枠に縋り
乗車を求める労働者にも
法は座席を簡単には空けてくれない
血の通わぬ規律に縛られ
がんじがらめな運転手の目は
職務を越え潤んでいることすらある

たとえ乗車許可が認められても
いつ下車を告げられるのか
不安は席を温めてくれないのにちがいない
列車に積まれた法の数々
哀願する労働者の悲鳴
労災事故

車輪の下で聞き耳を立てている
弱者にとっては
猛スピードで走っている列車は
怪物でしかないのだ

だが　敷かれた二本のレールは
間違いなく明日に向かっている
火花を散らし　ひた走る
怪物の腹黒さなど
覗くこともないだろうが

運転手だけハラハラしながら　一心不乱なのだ

幻の花便り
――弟の死を悼んで――

まだ記憶に生々しい父の祭壇にだぶって
弟の遺影が花々の吐息の中に埋もれている
なぜあなたは　そんなに急いで
父の元へ旅立って行かねばならなかったのですか
あなたの愛する家族を残して
たった一人で逝ってしまうなんて
悲しみをどう受け止めてよいのか途方にくれます

花冷えのする日々の続く中
足踏みをしてしまった　さくらの開花
堅い蕾のまま風に震えていた梢を

あなたは窓越しに
どんな想いで眺めていたのでしょうか

毎年郷里の庭に春を運んで来る桜の花便り
あと数日　ほんの数日で
待ちに待った便りを受け取るはずであったのに
文面に記された文字には
何が書かれていたのでしょうか
あなたは開花を目前に永遠に開く事のない蕾の中へ
病魔の手で連れ去られてしまったのです

弟よ　今あなたの時は止まり
外されてしまった振子を元に戻すことは
誰にも出来なくなってしまいました
あなたの一つ一つの言葉や沢山の思い出が
ふつふつと湧き出てきて
花びらに混じって昇天していきます

止めどなく流れてくる涙の河に
凝縮された四十九年の命のしずくが
ぽとりと零れ落ちた
さようなら　我が弟　光明
安らかな眠りを

（一九九一年四月一日没）

季節の終り

春になっても
ついに芽を吹かなかった枯れ木が一本
孤独に打ちのめされている
かさかさに乾ききった樹皮からは
希望の匂いすら消えかけて

見渡すと何処も彼処《かしこ》も枯れ木の群
今にも折れてしまいそうな木々が
辛うじて呼吸をしている
語りかける言葉もなく
それぞれが自分だけの領域を
頑なに守っている

ここは老人病院の一室
衰退してしまった母の小枝に
そっと袖を通してあげると
幼い頃の忘れかけていた思い出が
洪水のように押し流されてきて
白いベッドの上は一面の海になる

　溌剌とした母の笑顔
　得意げなカラオケの歌声
　天下一品であった太巻寿司の美味
潮風に吹かれて
シーツの中を漂う船
消えてしまった宝物のかわりに
苦悩が積荷になる

枯れ木の林を
言葉にならない言葉の叫びが
嵐を呼び起こし
にじり寄ってくる季節の終りを
漠然と感じ取っていた

拾う

——旅立つ母へ——

苦しさから解放され
今　母の魂は安らぎを求め
五月の若葉がきらめく
花園へ向かう柵を越えていった

愛しい夫と息子が待つ天国から
差し出された二本の手に
しっかりと摑まり
昇天する母

蠟燭を象《かたど》ったたくさんの電灯が
遺影のまわりを飾り
安息の場所を得た母の顔を
美しくひき立て見守っていた

白菊が香る祭壇を降り
紅を引いた唇を恥じらうようにして
金ぴかな霊柩車に乗る
母に習った〝雪椿〟の歌が
唯一のレクイエム

　さようなら　お母さん
お父さんと光明によろしく伝えて

失って初めてわかる
その存在の大きさ
空虚な想いが悲しみの崖をよじ登ってくる
火葬場で拾う　まだ熱い骨
八十一年におよぶ母の足跡を黙って拾う

何処へ

（一九九六年五月十一日没）

病魔がそんな近くに
寄り添っていたなんて
妻の私よりも　もっと身近に
あなたを我が物にしていたなんて
信じられないことだった

今でも信じたくないけれども
現実という非情な奴が
あなたの喉に襲いかかった

結婚三十年余り
二人で築いて来た貴重な生活の城に
ちりばめられたあなたの声
時には優しく
時には厳しく
日常の至る所にくっついていて
手を触れるとパラパラと剝がれ落ちてくる

でも
両手を広げても
私の指の間からすっと
あなたの声は逃げて行く
私に安堵感を与えてくれたあなたの声は
いったい何処へ行ってしまったの
不安が肩をすぼめて歩き出す

もう一度　あなたと笑って語りたい
あなたの声を全身で感じていたい

ある予感

輪郭しか見えなかった
木の葉の一枚一枚が
霧の中から次第にはっきりと
その姿を現して来た
まばゆい朝の日ざしの帯に
力強い思念が織り込まれている

小さな葉脈を嘗めるように
光は滑り落ち
打ち拉《ひし》がれていた私の上にも
希望の恵みを数滴　零してくれた
躍動する命のばね

光の粒は強い春の嵐にもめげず
きらめきながら小枝を渡り
葉の肢体に生命を注ぐ

大地を埋める春の会話が
いちだんと賑やかになり
私は光の国の招待者

モノトーンの世界でいじけている女なんて
もう　さよなら
いつも幸せを演じるヒロインには
鮮かなスポットライトが当たっている

きっと演技は本物となり
人生の大舞台で
堂々と胸を張って歩いて行ける予感が
爪先を薄紅色に染めている

詩集『夜明けの海』(二〇〇一年)抄

押し葉

真っ赤な錦木の葉の中には
激しく燃える女が住んでいた
きついルージュと
切れ長な眼
滾るような情熱が
秋色の光の輪に乱反射している
鮮やかな夕焼けを吸い込み
美しく色づいて散りたいと
女は燃え盛る葉脈から言葉を搾る
男の匂いがするぎざぎざな幹に
纏いつく女の想い

そっけなく振り払う無骨な手に
委ねられた願いがはらはらと
終曲の幕の陰に崩れ落ちる
秋風の冷たい視線が紅潮した女の肌を刺す

永遠の美を保つため
風化してしまいそうな愛を添え
押し葉にする
女の一途な願望は
閉じられてしまった綴りに挟まれ
色褪せてもなお
ページを開けてくれる指先をまっていた
赤く染まった錦木の葉の中には
不思議な女が住んでいた
散って行く予感におののきながら
葉陰で蹲っている愛の実を探していた

ある呪文

干涸びた日々を
フライパンで炒めながら
スパイスの効いた味付けを願っても
なかなか思いどおりにならない
焦げた玉葱の端くれ
キャベツの恨み言
人参が赤い目を剝き出しケタケタ笑う

静か過ぎる淀んだ日々
一つの目的が達成された満足感の隣には
寄り添うように虚脱感が
座を温め始めている
いつ破られるか分からない薄い空気の膜に触れる

と
ひんやり冷たい

広がる空しさのスクリーンに
次は何を登場させたらよいのか
それは玉葱でも
キャベツでも
人参でもないような気がする

背を向けた数字の列
一度そこから抜けてしまうと
もう列には戻れない
働くための条件から外されてしまった女に
檜舞台の匂いだけが何時迄もこびりついていた

パプリカ　セロリ　ズッキーニ
新メニューの野菜行進曲の音符が

皿の上で呪文を唱えている

夜明けの海

切れ切れな夜の布を
接ぎ合わせて作る
一枚の黒いその手触りは
冷たく透けて見える
頼りなげな織物

繋ぎめを
懸命に繕っても
いつしか　ぼろぼろになる
丈夫な当て布を施して
縦　横　斜めに針を刺す

脳裡の浅瀬に張った不眠の薄氷
体を丸めたまま床のなかで日の出を待つと
夜明けの海が次第に紅い形相を帯びる
すると　おかめや　ひょっとこ　般若の面が
波間から姿を現し
今日の装いはどれにするかと迫りくる

そうだ　ひょっとこがいい
狂った世相の曲がりくねった路には
ひょっとこの面でも付けなくては通り抜けられな
い
少しばかり正義感をぶら下げて
街へ出掛けてみよう
そうしたら誰も私が買い求めた黒い布に
鋏を入れないで下さい

ざわめき

枯れ枝に
春の息吹が芽生える頃の
擽ったさを堪えた山肌のざわめき

太陽の視線が
山の斜面のすみずみにまで
くまなく行き渡り
陰の世界から解かれた僅かな時を
喜びの色に染めている

梢を彩る小さな
希望のあかし
まだ少しだけ冷たい風が
現実のほろ苦さを時折吹きつけてくる
それでも山肌を埋め尽くす
春の言葉は饒舌で次から次へと
未来への語らいは続く

遮るものもない
ふんだんに与えられる自然の恵み
樹木の根元では無数の生命が
薄目をあけて出番を待っている

葉が茂り
再びおとずれてくる陰の地帯
いま彼らは暗くて長いトンネルに
立ち向かうための力を
地の底で蓄えているのだ

信じること

どんなに世の中が進んでも
人の心はレントゲンには写らない

笑顔の下に隠された
偽りの姿を見てしまったとき
信じることの無力さを思い知らされる

そこは不可解な底無しの沼
うっかり足を捕られたら
のめり込むばかりだ
魔の手に絡まれる

哀しい認識を迫られて

女はこっそりと自分の心を切り裂き
レントゲン写真を撮ってみる

だが　案の定白くぼやけたフィルムには
何も写っていない
女の脊髄さえも消えている
自分の存在はどこへいってしまったのか

春になると忘れることなく届けられる
色鮮やかな水彩画
裏切りのない自然の節理
女はちっぽけな感情に揉みくちゃにされることへの
煩わしさから抜け出ようとする

レントゲンには写らなくても
自然という大きな鏡に

人は丸裸にされているのだ

害虫

伸びすぎてしまった
庭木のエレガンテシマ
あざやかな緑の手を靡かせて
意気揚々としている
だが　ばっさり鋏の冷たい刃に阻まれる

切り落とされた青臭い生命の滴り
地上に散乱する死骸
風が吹き抜ける爽やかな声を
幹は遠い日のどこかで聞いたような気がした
記憶の枝を手折って糸口を探る

ふいに光を浴びた毛虫たちの驚き
我先にと競って這い出てくる醜い仲間たち
緑陰の密室でこっそり毒を育んでいた
小さな生きものたちの蠢きに戦慄が走る

秘密を暴かれた彼らは
毛を逆立て体じゅうを抵抗の刺にして
威嚇のかたちをとる
居場所を追われ
再び安住の地を求めてのたくっている

悪の温床をつくり出す害虫は
駆除しなければならない
美しく見える緑も紛い物のことがある
ためらわずに剪定することが肝心なのだ
鋭い刃でばっさりと
この世の悪を断ち切るように

未知なるもの

外は雨を伴った春の嵐
北側に面した書斎の曇りガラスに映るもの

右に左にゆらゆらと
揺れる得たいの知れぬ不気味な物体
それは心の中に蠢く悪魔の抽象画
ぼやけたままで荒れ狂う影絵の中の未知なるもの

ガラス窓を擦りどんな形相をして爪を立てている
のか
僅かな透き間からでも侵入して来そうな勢いだ
激しさを増す叫び
流れ落ちる滝の涙

息を潜めて見えないその先を
見ようとすればするほど霞む自意識

どうやら悪魔は仲間を引き連れてのお出ましだ
いくつもの影が絡み合う
牙を剝き出し互いに燐光を放つ
興奮した息遣いが画像を余計曇らせる

やがて声も静まり急に明るさが訪れる
見えない心の窓を外すようにガラスを開けると
そこには新緑を覗かせた樹木の梢が
笑みを浮かべて手招きしている
悪魔はいつのまにか姿をくらましていた

私は妙におかしかった
馬鹿みたい
どこに悪魔がいるのよ

樹木のいたずらに欺かれるなんて
怖いと思っても窓を開けて
正体を確かめればよかったのに

雨もすっかり上がり
黒い雲を連れ去った風の眼差しがひどく眩しかっ
た

探る

延びきってしまったゴムが
中年男の膨れた腹に
纏わりついている
ゴムを新しく取り替えると
今度は肌に食い込むようにその部分を圧迫する
どちらにしても
そやつは男の腸にいつも探りを入れ
目を光らせている

丘を直撃する落雷
なぎ倒される樹木
燻り続ける　γ―GTP　GOT　GPTの
数値は上昇気流
豪雨の爪痕

収縮する不可思議な物体は
悟られぬ素振りで
山の頂から裾野までも嘗め尽くし
監視カメラのシャッターを押す
男の体の中は嵐
いつまでたっても治まることのない状況に

悲しみの思念が
くっきりと残された赤紫の線上を脅かす

世の殿方たちよ
あなたの数値は安全圏ですか
膨れた腹からゴムがずり落ちないようにご用心
酒は魔物です

いもり

残照にひび割れる西の空
悲鳴にも似たフルートの音色が
雲の壁を突き抜ける
目の前に立ちはだかるいもりの背のような黒い山
その斜面を下って行く吐息の行方を目で追いながら

心の中に重い鉛を抱えた男は
朝な夕な同じ路に苦悩の靴音を響かせていた

重さの中に己を沈めて
日々の透き間を埋める潤いを求めようとしたが
そんなものは見つかるはずがない
ジレンマの谷間に積もる苛立ち
荒廃した社会の波は増幅するばかりで
希望の小石は細るばかり
生殺しの大企業の素顔

いもりは赤い腹を翻し
たらたらと毒酒をしたたらす
男の心は魔物の威力に翻弄され
禁断の扉に手を掛ける
鉛を溶かす何物もなくひとときの慰みは
腸に染みる一滴の油

だが　男にとっては毒の鼓動を聞いてはならないのだ

のたうついもりの胴体から伝わる震動は
帰宅を待つ女の耳たぶを
鋭い刃物で容赦なくそぎ落とした
はじける弾丸
白濁する思考
項垂れる信頼感
女は糸を手繰り寄せるようにして
男の心をひと巻きひと巻きゆっくりと
戸惑いの淵から吊り上げる
両手に堅く食い込む痛みに耐えながら
そらぞらしい風の戯言がふと耳をかすめる

闇に同化したいもりは
星の瞬きが装飾する夜空を見上げて
重いだけの鉛を抱えた男を案じ
黄昏の暖簾を静かにおろす

女は握り締めた手のひらに
滲んだ汗をすすってみた
唇に触れる男の影
塩辛さが口中に充満し
言い知れぬ苦みの粒を生む

女はそれらを舌の上でころころと
転がしては吐き出す
すると口元から黄金色の果実が
数珠繋ぎになって現れた
それでも男は
しかめ面をして眉間に皺をよせている

紅葉の戯れ

偉大な彫刻家も
太刀打ちできないほどの
大自然のなせる技が
渓谷を見下ろす岸壁に鑿を入れ
見事な画廊を作り上げている

頭上からは
それらを覗き込むように
赤や黄の燃え上がるときめきが溢れて
鎮めてもこぼれ落ちる
ひとひら　ふたひら

ふと壁画の男が
ほほに触れる女の
色づいた手の温もりに目を覚まし
吐息を漏らす
思わせ振りをする紅葉の戯れに
顔をゆるませる

澄みきった渓流の
水鏡に映し出された
恋物語は尽きない

ハイカーたちは
秋の艶かしい仕草に魅了され
すっかり虜にされている
画廊を通り抜けると
空の青さが急に迫って来た

詩集『落葉のとき』（二〇〇八年）抄

挑む

朝陽のなかで
金色に輝く蜘蛛の巣
露のシャワーを浴びて
目覚めとともに今日の不安を
背負わされる

庭木の枝から枝へと連なる
宙づりの幾何学模様
破壊される運命を予感しても
覚悟の夢を編みつづける

竹ぼうきや熊手で
瞬く間に払い退けられてしまう糸細工
怖い敵の武器には
どう足掻いてもたちうち出来ない

壊されても
壊されても
腹部から悲哀を絞り出し
大きな相手に挑み続けている蜘蛛

だが
今朝もまた
敗退の無念な想いをにぎりしめ
夢が壊れる
小枝にひっかかった
一本の糸

葛藤

干涸びた脳細胞
言葉と動作が背を向けあい
互いに足を
引っ張り合っている
頑なに自己を主張する脳の中に
打ち込まれている老いの杭

表面は朽ちかけているものの
我を通す鉄の芯を内包している
長い歳月の暦を
一枚一枚破っては食べ
胃の中に溜まった沈殿物を
未消化のまま吐き出す

充満する汚物の臭気
鼻孔を襲う不協和音
うすっぺらなプライドは
いつも思惑の外れたところで燻っている
老いるということの残酷物語は
誰も知っていて
誰も読みたがらない

揺れる　揺れる
幕の向こうの見えない世界
だが人は必ず　嫌でもその場所へ
杭を打ちに行かねばならないのだ

落葉のとき

雨に濡れ
路上にべったり貼りついている
銀杏の葉の屍
街路樹の墓標が立ち並ぶ大通りを
人々は肩をすぼめて足早にこの場から立ち去る

墓場をなめる晩秋の風
入れ代り
立ち代り
さまざまな思いを曳きずって
葬列に加わる靴音の響き
ひとときの狂喜のあとに襲ってくる

残酷な末路
あの華やかなざわめきは何処へ消えてしまったのか
耳もとをかすめる
きれぎれな読経の声に
冬の気配がにじり寄ってくる

燃焼しきれなかった
わたしのなかの燃えかす
悔恨と未練の葉っぱはまだら模様
吹きだまりの
死体の山に埋もれて
息もたえだえ

移ろい行く四季の回り灯籠
絵柄のなかに　そっと心を鎮め
喪が明ける春を待つ

表示誤り

一列に並んだ企業の
お偉いさん方が頭を下げている
最近すっかり麻痺してしまった茶番劇
もうたくさんです
いいかげんにしてください

あらゆる業界から
つぎつぎと吹き出してくる
虚偽の実態
言い逃れの弁を繕っても
一般民衆の眼はごまかせない
怒りの矛先は鋭さを増しているのに
どうしたことか的がぼやけている

信じるものがなくなり
街には表示誤りの札をぶらさげた
人たちばかりが横行する
この札お互いに取り替えてしまえば
判別がつかなくなってしまうではないか

私は誰なの
あなたは本当にあなたなの
ニッと笑ったその顔は
もしかしたら偽ものかもしれない
おお　こわい

灰色の世の中
真実を見極めることのできる眼鏡でもあったら
どんなに爽快だろうか
それとも

知らないほうが幸せなのだろうか

さらしもの

寒空に月が凍えている
地上のどこから眺めても
存在感を誇る輝き
満ちたり欠けたり駆け引きをしながら
手に燭台を握っている

その昔から
歌や絵画の主役として
優美な姿を保ちつづける月
人はどれほど心を癒され憧れを抱いたことか

それにひきかえ次第に
色褪せて来ているという地球の青さ
今ここではいったい何が起きているというのか
月は自滅の穴を掘り続ける愚かな人類の影を
遠目に見て首を傾げる
傷ついた球体の未来像は
ぶざまに変形した宇宙のさらしものだ

核やミサイル
恐ろしい武器を満載して世界の至るところで暴走
する列車
なぜ戦いは起きるのか
下積みにされてしまった平和というよれよれな荷
環境問題を詰めた袋は荷台からずり落ち
車輪の軋む音だけが空虚な響きとなる
月は宇宙の果てから同胞を哀れみ
青い球体を伝説にしたくないと気をもんでいた

だが危険分子が飛び交う汚れた幾つかの海は
沸騰点を越えてしまっている

捨てること

捨てる
捨てる
いらないものは
思い切って捨てるに限る
あるとかえって邪魔になるもの
たとえば透けて見える薄っぺらなプライド
そんなものはシュレッダーにかけて
裁断してしまうことだ
きっと身軽になり素直に生きられるにちがいない

しかし捨てたくても捨てられないものが
どうしてこうも多すぎるのか
生活の枠の外で悲鳴をあげている冠婚葬祭の歪ん
　だ顔
世間の常識と信じ込まれている非常識
呪縛の渦の中で溺れかかっている

もしも必要になったら一度捨てたものでも
誰にはばかることなどない
拾えばいいのだ
シュレッダーにかける前に
捨てるものと拾うものをしっかり判別したいが
焦点のずれてきた老眼鏡のレンズでは
答えをなかなか出してくれない

坂道を登ったり躓いて転げ落ちたり
いつもあたふたして
人生を逆さに見ている女がひとり

むきになって芥箱の中を漁っている
何かいいものありましたか

傷痕

平和に見える地面の底に
思いもよらぬ魔物が住み着いていた
掘り起こさなければ
気づかれぬまま永遠に
闇のベッドで眠り続けていたであろうが

ある時とつぜん
ショベルカーの騒音に揺り起こされる
半世紀の眠りから覚め
眩しい地上の空気に戸惑う

異臭のする不審な瓶が数本出現して
周囲は大騒動

建設現場の作業員が頭痛を訴え
工事は中断
事態は国土交通省に飛ぶ
微量の毒ガス反応やヒソが検出され
ＮＢＣ対策隊までが連なる

地上には花が咲き　緑が茂り
平和惚けした長い時を食べ尽くしていた
人々の笑い声
生活の響き
スニーカーやハイヒールの合奏
様々な音符を子守歌にして
横たわっていた苦い歴史の残骸

恐ろしい兵器がかつて製造されていたらしい
重く揺らぐ列島の影
旧日本軍の軍靴の音が
はるか彼方からこだまする
ブーメランに変身した刃の襲撃

そこは旧海軍工廠の工場跡地だった
戦争の傷痕が癒えぬまま
後の世の人々の前に醜悪な姿態を曝す

突破する

茨のなか
泥濘みのなか
どんな場所でも強い意志のシャベルは
道をつくりだす

行き止まりの札が立っていても
シャベルの刃先に岩をも穿つものさえあれば
突破できるはず
だが　信念を記した歳月の暦は
いつの間にか捲ることも忘れはて
黴臭い部屋の中で
掛けっぱなしになっている

日々の大地には
シャベルの刺さらぬ堅い箇所が幾つもあり
前進することすら容易でない
ひび割れ部分から
かろうじて生えているか細い芽
もう　よれよれになった暦なんて外してしまいたい

魔の入り口がとつぜん開き弱気な風を吸い込む
そこは花さえも咲くことのない暗黒の世界
地の底から聞こえてきたのは
遠いアフガンの女たちや
イラクの子供達の悲鳴
声は次第に大きくなり鼓膜を震わせる

この地球上の裏側では
戦争で犠牲となったたくさんの怨念が
空を真っ赤に染めている
その滴りを目にしたとき
へたばっていた沈黙がおもわず立ち上がり
再びシャベルを握り締めた

白い鳩

大手をひろげて
空に向けたむきだしな腕
恥じらいもかなぐり捨て
せいせいと素肌を晒した桜の枝

その下で溢れる光と戯れる子どもたちは
無邪気な黄金色の鳥になる
芽吹き前の固い乳房は
まだ膨らむことをためらい
ひととき歓呼の快い響きの渦に巻かれて
夢見ごこちだ

梅林では

むず痒さをこらえ切れずに
お先にとばかり早咲きの紅が顔をほころばす
陽だまりのなか
公園の木々たちは口を閉ざしながらも
自分の存在を確かめあっている

あの上空に向けた腕は何を摑もうとしていたのだろうか
大空を流れる雲
それとも太陽の熱いかけら
いいえ　そうではありません
地球の何処かへ飛んでいってしまった白い鳩を
追い求めていたのです
いつ戻ってくるのでしょうか

やがて梅の花は満開の笑みをふりまく
桜も後を追うようにひた走る

だが　戦争の迷路に入り込んでしまったのか
あの白い鳩は容易に姿を見せようとしない
もしかしたら何処かの国の鳥籠にでも
捕らわれているのかもしれない

向日葵の記憶

太陽に向かって
開きかけていた向日葵の花
どうして精彩を失ってしまったのか
今でも解らない
光を遮り
闇のなかに走って行かねばならなかった病んだ花
　昏
花びらを食いちぎり

散乱した残骸の回廊を渡って
風車をまわす女の細い影
ひとつ又ひとつと
過去を消していく折れそうな手から
命の色をしたピアノの鍵盤が遠ざかる

呼んでも振り返らない
愛するひとたちの声も聞こえない
闇の先に何があるというのか
風車がまわっている
激しくまわり続ける風車に合わせて
耳を掠めるショパンのスケルツォ

音が止んだとき
とつぜんその花は
向日葵から蓮の花に姿を変えていた
まんまんと水を湛えた池のなかで
微笑みさえ浮かべ
安住の花びらを形づくっている

涙のような雫が
葉脈から音符となって滑り落ち
水の譜面に大きな波紋を描く
向日葵の記憶を蘇らせて

（若くして散った姪の洋子に）

藍染め

白いハンカチーフ用の布に
出来上がった構図を想定する
ひとまき　ひとまき
糸をくくり
ほどけぬように根元は

特に丹念にむすびつける
底の見えない瓶《かめ》のなかから
藍の呼吸がかすかに聞こえてくる
生きている真っ青な液体
刺激的な臭気を発散して
純白な裸体の床入りを心待ちしている
瓶の上部に出来た泡は
藍のはなと呼ぶ
それを手で押しやり
静かに　垂直に身を沈ませる
やがて布は取り出され空気を媒介に酸化する
数回この工程を繰り返していくうちに
藍がじわじわと浸透する
白い素肌は藍に抱かれて
みごとな変身ぶり
水で洗い糸が解かれたとき
絞り込まれた美しい絵柄はいきいきと浮き上がり
深みのある藍色のはだけた胸の上で
まるで陶酔しているようだ

完成した藍染めのハンカチーフ
瓶のなかでは
日本の伝統工芸を誇る自信に満ちた顔が
愛の言葉を語りかけてくる

（旅先で出会った体験から）

からくり

隣家の屋根を覆うように
柿の木が伸びている

私の部屋の窓いっぱいに
嵌め込まれた一枚の絵
赤い実がたわわに葉かげから顔を出し
艶やかにデッサンされている

毎日のように額縁のなかへ
鴨がやってきては絵に墨を落としていく
甘い実をたらふく食べて
屋根の上は無賃レストラン
いつも不在がちな住人を尻目に
無残に散乱している残骸

鴨は柿の実を盗んでいるという意識もなく
私に見られているという意識もない
そこに美味そうな実があるから
食べているのだと言わんばかりに
嘴を突き刺す

ひとつ　又ひとつと減っていく
絵の中の柿の実
住人が気づいたときは後の祭り
鴨の姿はそこから消えていた
からくりを知っているのに知らん顔をしていた私
は
（もしかしたら同罪）

だが
指をくわえて見ていただけなんて
何ともいまいましい
盗っ人　鴨め！

食べかけの柿の実がひとつ枝にしがみついている
もう絵にはならない

命の鎖

穏やかな羊水の海から
今あなたは十月《とつき》の時を経て
ようやく岸に泳ぎ着いた
対面をどんなに待ち望んだことでしょうか

初めて触れた外界の空気
柔らかなその肌に感じる試練を
あなたは目を閉じたまま
けなげに受け止めている

存在を誇示する大きな泣き声
血を受け継いだ新しい命が
はじけ飛んでいる

喜びの使者は感動の船にまたがり
すでに男児としての誇りをちらつかせ
顔いっぱいに心地よい飛沫を
ふりかける

母親になった娘の満ち足りた顔
その姿を横目に見て
遠いむかし味わったことがある同じ想いを
うちよせる波濤の中に
蘇らせていた

幸せのゆりかごには
煌めくあなたの未来が詰めこまれている
私は一歩さがったところから
前かがみのまま愛の重さをそっと揺すってみた

（初孫悠力《ゆうり》の誕生を祝って）

お札のひとりごと

新しく衣替えした福沢さんと
まだ古着のままの彼が
同じ財布の狭い部屋で
肩を擦り寄せて仏頂面をしている

「なんだか肩身がせまいよ」
「君も早く着替えてくるといいよ」
新調した彼は得意そうに
光りもののマークを見せる

だが近ごろ仲間のなかに
古着姿の偽者が忍び込んで
あちらこちらで悪さをしているとか

まったく迷惑千万な話だ
福沢さんはご立腹で透かしの丸窓に消える

それだけでも我慢ならないのに
鉄の重い扉に鍵を掛けられ
囚人扱いされること
一度入ったら容易にシャバの空気が吸えなくなる
金持ちなんて糞くらえだ

どうしてみんなは我々を欲しがるのか
争奪戦で命を落としたり
偽者たちが悪びれもなく全国を行脚する
油断も隙もあったもんじゃない
人間って醜い生き物だね

あっ　向こうからすっかり板についた新入りの野
　口さんと

ただ一人女性の一葉さんが仲睦まじそうにやって
　くる
ちょっと妬けちゃうけど
この部屋空っぽだから遠慮なく入っておゆきよ
大歓迎　いつまでいてもいいいんだよ

蓋を閉める

当然来るはずと
信じていた明日という日が
闇の手に奪い去られる
数日先のカレンダーの日付を囲む
赤い丸印だけが
背信の憂き目を見ている

手直しされたスケジュール表
溶けだした赤い色素が
次第に薄れて
ぽた　ぽた

今を消し　未来の蓋を閉め
過去をより鮮明に彩る

惜別の言葉も告げず
目覚めぬまま
夢のトンネルをくぐり抜け
義父のいる極楽浄土へと
二十年目の逢瀬に胸をときめかせながら
急に足を速めた義母

冷たい朝のベッドで
天女になった義母は九十二歳
姑と嫁として暮らした歴史の分厚いきれぎれが

ただ美しい画集となり
重い記憶の河はすっかり汚物を飲み込み
静かにさざ波を光らせている

特急列車は老いた魂を乗せて突っ走る
もう止まる駅はない

蝶の幻想

痛めた羽を舐め
大きな葉っぱの絨緞の上で
一匹の蝶が
小さな体を緑に同化させている

まるで
呪縛から解かれたように
か細い足でとまり
辺りの風景をひとりじめしている
葉叢の棲家を遮る影はどこにもない

風の声に耳を傾け
光の眼差しに心をなごませる
だが自由という名の森は
なぜか遠くにかすんでいる
真っ青なスクリーンが広すぎるせいか
飛び立つことができないでいる

蝶は羽を震わせ
蝶である自分を思いおこさせた
草原を飛び交う仲間たちの
自在に操る羽音が空しく
羨望の雨を降らす

そのとき蝶は
己の幻影のなかに
いっしゅん
青虫がのたくっている姿を見た

孫・まご・悠力《ゆうり》

もったいないとか
いやだとか
めんどうくさいとか
そんな言葉は婆《ばば》の辞書にはない
可愛さだけを幾重にも重ね
着膨れている

無責任な愛情を
紡ぎ続ける婆の糸は長く
あなたをぐるぐる巻きにしてしまう

でも
曇りのないその眼の泉に
裸で飛び込み
一緒に泳ぐのは
やっぱりパパとママ

婆は岸辺にいて
糸の端っこを引き寄せ
ときどきあなたを魚のように
釣り上げる

そして剝がした鱗を
こっそり握り締め
あなたが一枚だけ脱いだ洋服の
ポケットに潜ませる

バイバイと
帰っていくあなたは
パパとママの安住の船に揺られて
婆の巻きつけた糸など手品師のように
いとも簡単にほどいてしまう

落日

川に落ちた太陽が
水に浮かんで　あっぷあっぷ
だが　這いあがる気配もなく
流れに身を委ねている

一日の汚れを洗い終えたのか
ずいぶん金ピカに光っているね

あまりの眩しさに
手をさしのべることも出来やしない

土手を歩きながら上を向くと
傾きかけた太陽が
西空にもう一つ
おやっ
いったいどちらが本物なの

見紛うほどの貌をした水中の太陽
きょろきょろと目玉が
迷路にはりついている隙に
金ピカが盗まれる
誰のしわざか　跡形すらない

すすきの穂は首を垂れ我関せず
黒々とした淀みも口を噤んだまま

静寂な調べの譜面を広げる
そのとき思いがけず川風が秋の日の
釣瓶落としの仕掛けを暴く
稜線を指さし　くすっと忍び笑い

なあんだ　そんな所に隠れていたのか
白鷺が探していたんだよ

鬼畜ども

嘘でかためた
この世のスクリーン
幕の透き間から覗いているのは
人間の顔をした鬼畜ども
影絵に映し出された
太い角や鋭い牙

巧みな変身術に
本当の姿を見抜くことができない
言葉は枯葉のように宙を舞い
どぶに落ちて朽ち果てる
欺かれた人たちの涙を誰が拭うのか

皮を剝いても　剝いても
現れる厚いつら
人間になりすまして
高価な服で身を隠している
ふてぶてしく大手を振りながら
表通りを歩く姿にすっかり騙されていた

罪の意識も　裏切りも
ひとまとめに風呂敷に包んで
森に捨てて来てしまったというのか

汚染された周辺には
今まで見たこともない
巨大な悪の花が咲き乱れている

正体を暴くのだ
奴らを串刺しにしてしまえ
人間になりたかったら
人間としてのルールを弁えるべきだ

山をつくる

聡明な頭脳は素晴らしいが
あまり良過ぎると
邪な山をつくりたがるものだ
凡人では思いつかない堆い山々の
頂に君臨することで
錯覚のひかりを
たらふく腹に詰める

だが　長続きしない夢物語の
ページを捲る指先がにわかに止まる
腹のなかで炸裂する火の玉
木っ端微塵にされた真実の破片

山はあっけなく崩れた
転がり落ちる土塊に
打たれた人たちの深い傷跡が痛々しい
山の魔力に魅せられ
信じて登りはじめた踵の疼き

ほんの　いっとき
勘違いのしたり顔で山を感じていたはずなのに

徒花と散った残骸が
悔恨の嵐を巻き起こす

頭脳なんて普通であればいい
凡人の僻み根性が平地を這い蹲う
最初から危ない山になど登ることはなかったのだ
でも　人間は高い山が好きだから
そこに山がある限り
眼が奪われてしまうのかもしれない

雀たちのレクイエム

庭が慌ただしい

空気と風が
異様な雰囲気を醸しだしている

そのまっただなか
微動だにしない虚無の像

雀を銜えて
一点を見据えている黒猫
捕獲の喜びに陶酔しているのか
態勢を崩そうとしない

窓を開けると
人の気配を察知してか素早く姿をくらます
後には何事もなかったかのように
庭は静寂な貌を取り戻していた

だが　眼の前の電線では
雀が数羽とまって鳴きわめいている
まるで攻撃の矢を放っているようで
わが家の庭めがけてけたたましい狂乱ぶり

「うちの猫じゃないですよ」と
弁解したかったが
そんな言葉が雀に通じる訳がない
思いこみの悲鳴は強弱をつけて
音符の波になる

猫に奪われたのは子雀だったのだろうか
それとも親雀だったのだろうか
一つの命が消えた波紋が
雀たちのレクイエムとなって空を斎場にかえる

狼煙

片腕が枯れてしまった
古顔の楠
身の置き所に苦渋の色を滲ませている
通りかかる人々の後ろ姿に手を合わせ
祈りのポーズをとる

私をなんとかして
体が痛くて耐えられないの
このままだと死んでしまうわ

公園の入り口に長い年月
ここぞとばかり自分の居場所を構えていた楠
たわわな葉を茂らせ
暑い夏の日射しには瞬きもしないで
大きな傘を握りしめていたのに

ようやく悲鳴が届いたのか
樹木医の治療が始まる
ばっさり躊躇することなく伐り落とされた手

ぐるぐると幾重にも包帯を巻かれ
大手術の顚末を見守る群衆

冬が過ぎ
軀幹を突き上げてくる烈しい鼓動
すっかり不格好な姿になってしまったが
ザワザワと葉を鳴らし　生を繫いだ歓喜の二重奏
を
青嵐のなかへ響かせている

　もう大丈夫だね

老木を取り囲む安堵の声
消えかけた命の篝火が幹全体に広がり
逞しく再生の狼煙をあげる

分岐点

ぶあつい一冊の本が
古びた机の上を占拠している
ずいぶん長い間飽きもせず読みつづけたものだ
活字をなぞりながら　ふと立ち止まる

五本の指先の紋様が
覚えている紙の感触
　ぐう
ちょき
　ぱあ
勝ったり　負けたり
笑ったり　泣いたり

煤けたページのなかに
ぎっしり詰まった六書の文字列
いつの間にか
気が付くと残りはほんの僅かしかない

ところが凝視した目の先にあるものは
ただの白紙ばかりだ
しっとり湿ったページは
捲ろうとすると破けそうになる

それらは指に　しつこく絡みつく
急に焦りの色が濃くなってくる
なんとか策を巡らせ
こぼれた文字を拾い集めなくては
物語の最後にたどり着けない
ひとりでは出来ない完結編

あなたの愛を少しだけ分けてください

花を活ける

鋭い鋏でひといきに
ばっさり茎を切る
その冷たい刃の感触に
脅えた目がうろたえている

それでも
素知らぬ顔で花とむきあい
より美しさを引き立てようとして
水盤に心を活ける

だが　切り花の命は儚い
精魂こめて着飾ってあげても

たちまち　しょげこんで
ずり落ちる衣

少しでも長く美を保つため
水中に忍ばせた延命液
異様な気配に
はっと胸を突かれた花々は
おもわず衣を肩に手繰り寄せる

まるで点滴のように
血管のすみずみまで行き渡る指令
意志とはかかわりなく
生かされていることへの焦りが
茎のトンネルを逆流する

花たちは
永らえた命のしずくを
吐き出すこともできないまま
水盤の底に疑惑の目を深く沈めている

どくだみの歌

どくだみが
裏庭のじめじめした狭い敷地に
群生している

指で葉を摘まむと強烈な臭気がたつ
地面に根をはびこらせて
人をも寄せつけない
それでも淡黄色の花をたくさん咲かせ
仲間たちの小さな顔は
幸せそうにまどろむ

媚びを売る様子もなく
薬草としての効能を求めて
人の手が無造作に伸びてきても
笑顔で握手する

嫌われ者という
レッテルの上に
光った信念をはりかえる

どくだみは
己の欠点をけっして卑下しない
逆さづりにされ
干涸びた姿を晒してしまっても
どうどうと胸を張っている

耳を澄ますと鉄瓶の中から聴こえてくる歌声
煎じている液体の和音は
臭いドミソ
漢方薬としてのドファラ
濃度を増して琥珀色のバラードが完成する

詩集『稚魚の未来』（二〇一二年）抄

石蕗《つわぶき》の花

灌木の陰で　ひっそりと咲く
黄色い普段着を纏った花
常緑の大きな葉は
たえず鮮やかな彩りを失うことはない
風の秘め事にも呼応して
ザワザワと

寒さの中
震える葉裏に強い意志を染みこませて
木漏れ日に浸る
たとえ地味な花と蔑まれようが
想いの丈を閉じたりはしない

光を　ふんだんに食べて咲く
きらびやかな　花でなくてもいい
どぎつい香りを振り撒く花でなくてもいい
涙する優しさや　労わりの気持ちを
抱くことができれば　それだけでいい

葉の間から　すっくと背伸びして
見渡す石垣の向こう
いたるところで
黒い影が揺らめいている

世の中に犇く理不尽な行為に
義憤をこめる
こわばった心をほぐしながら
色褪せても　なお信念の旗を振りつづける

跳べない蛙

小さな蛙が一匹
喘ぎながら
ぬめりの岩場にしがみついている

銀色に濡れた体をひからせ
時折揺れる木々の緑に
目を細める
今にも落ちそうな目玉だけは
しっかりと　瞼の奥に押しこめて

跳ぶことのできる大きな後肢
指には水掻きもある
それなのに　なぜ跳ぶことをためらうのか

意志に逆らい
じっと　その場に蹲る蛙
跳びたくても
跳べないジレンマに涙をこらえている
いつも妥協という腐った果実が
臭気を放って目の前に　ぷかぷか　と

進むどころか
後ずさりさえ　しなければならない時もある
餌食となる虫たちの乱舞
嘲りの笑いが飛び交う
岩場から転落してこそ　何かを
摑むことが出来るのかも知れないのだが

とつぜん　冷たい水に揉まれ
見たこともない青い果実が流されて来た

その香気につられて
おもわず水掻きを広げ　飛びこむ
蛙は溺れなかっただろうか
銀色に輝く背中が　一瞬エメラルド色に変わる

発芽

葉が落ち　からっぽになった欅の枝に
未練がましく　絡みつく恨みごと
あの秋の日の　激しかった台風の置き土産に
心は揺さぶられ

潮風をまともに受けて
茶色く縮れ　哀れな姿に変身した木々の葉
紅葉を待たずに

吹き溜まりの屍となって蹲る
当然　いつものように艶やかな衣装が
届けられると信じていたのに
袖を通すことすら叶わず
背信の憂き目に　いじけて寒空を睨む

すぐ隣では　被害を受けた楓や桜の木も
同じ想いに唇をかみ締めている
かろうじて　難を逃れた木々に燻る残り火を
上目使いに　じろり
しゅんかん　異彩を放つ稲妻

けれど　悔恨だけをぶらさげていたって
何も生まれてこないじゃないの
苦い仕打ちを飲みこんでしまえば
根元から突き上げてくる声韻が聞こえるはず

幹の中を逆流する濃厚な樹液
からっぽになった枝には　すでに
新しい息吹が蠢き始めている
凶暴な北風の妨げを受けても
希望の発芽に　怯みなど微塵もない

稚魚の未来

孫の悠力へ

日ごとに大きく育っていく稚魚は
時々　鰓をふくらませて
我が家にやって来る
ジジ　ババの間を　すいすい泳ぎ回り
身に纏った藻を　突っつき
食べつくす

体が　くすぐったい
たまには　ぎざぎざな歯で
ちくりと噛まれたりするが　食べられる喜びに
ジジもババも　魚体をくねらせ
尾鰭をひらひらさせながら
泡を吹き出す

そばに泳いでくるのは
きっと　今のうちだけだね
銀色のランドセルに
はみ出すほどの夢のかたまり
でも　いつしか
もっと大きな海めがけて
舵を切ってしまうかも知れない

そんなことはどうあれ

思う存分養分を吸い取り
荒波に負けない体をつくっておくれ
ジジ　ババの鱗が
多少剝がれ落ちたとしても
いっこうに気になんかしないから

立派な魚に成長したとき
ふたたび　元の川に戻って来てくれるだろうか
その姿を見たいけれども
川の水が濁っているので
未来は見通せないじゃないか

命をいただく

まな板の上に
カマスが一匹横たわっている
見つめられた目を避けるように
包丁を　ぐさりと刺しこむ

はらわたを取り出し
すんなりと伸びた魚体の
鱗を刃で削ぎ落とす
手には銀色の模様が　いくつも貼りつけられる

食べられるために
生きてきた命
広い海で泳いでいた幸せの時は　みじかい
鰓は潮の匂いを覚えていただろうか

ふと　指先に痛みが走る
目を凝らして見ると
光に反射した透き通るほどの小骨が
突き刺さっているではないか

死んでまでも抵抗する魚の意地

小骨を毛抜きで慎重に取り除く
後には　ぽつんと赤い斑点が残り
無念さを誇示するように　じわじわと痛みを広げる

その晩　膳の上には
こんがりと焼かれたカマスが一匹
さあ　どうする　上目づかいに私を見つめる

そっと箸をつける
薄い皮の下から現れた白い裸体
おあがり　許容の言葉に促されて
おもわず　命に最敬礼
ほぐした身を頬張ると　口の中は茜色の海になる

仏桑花《ハイビスカス》

今日　いちにち
その姿態の色香に惑わされ
わたしの中へ南国の炎が飛び火する

見事に開いた花唇の内部に
吸いこまれる　魂
そのまま　そのまま
ぎゅっと　心を摑まれて

長い夜のトンネルを潜り
夜明けと共に
硬く　くるくると
帯を巻きつけたように身を細める屍

たった一日の命だなんて
誰が決めたのでしょうか
葉擦れのざわめきに紛れて
微かな嗚咽が

けれども　色褪せていく醜態を
人目に晒すことはない
終日　精一杯咲き切って
幕曳きができる潔さに　羨望の想いが色づく

枝先で　つぎつぎ生を膨らませる蕾
同じ運命を辿ることを知りながら
怯まず同胞にバトンを渡す

南国の笑みを　ほどき続ける仏桑花
赤　白　黄色の競演

鉢植えの狭い住処で　それぞれが
美しく生きる術を悟っている

糸車

あたりまえを失って
あたりまえであることの幸せの重さを
秤で計っている

声を無くしたあの日から
心の糸車にずっしりと
巻かれ続けてきた男の苦悩

幾度となく落ちた挫折の穴
這い上がる気力も
失意の矢に射抜かれ

糸車にもたれ掛かったまま
糸をほぐすことさえ忘れている

ときどき　ほつれた切れ端が飛んできて
女の顔面に絡みつく
しかし　いくら絡みついても
糸を払い除けることしか出来ないもどかしさが
女のなかに怒濤の海をつくる

求めても取り戻せない
失ったものの大きさ
女は乾ききってしまった男の心に
塩辛い愛の水をふりかける

長い時が経ち
次第にほどけはじめた糸が
いつしか生活のテーブルの上で光沢を放つ

女はさりげなく　それらをかき集め
宝物でも見るかのように慈しむ
微かに蘇った幸せの匂いを嗅ぎながら

声を失った男は
新しく作り上げたあたりまえの定理を
コンパスや
定規を使って証明することで
自ら軌道修正する
だが糸車は　巻かれたり　巻き戻されたり
カラカラと空虚な音を引きずって
鳴り止むことはない

日常のでこぼこ道は
容赦なく糸車を跳ね返す
行政の手は遠い所で
冷やかに白い手袋を振っているだけ

男は日ごと
女が注いでくれた塩辛い愛の水で
口を漱ぐしかなかった

でも　通れない

迷い路をつむじ風が　ひとすじ立ちのぼる

男は失ってしまった貴重なものへの
未練を燻らせて　とぼとぼ　と
ほつれて　消えた声の帯
かぐわしい花の匂いにも背を向けられ　俯く嗅覚
酸素を吸入する道は　行き止まり（ここは　どこ
　の　ほそみちじゃ）
別の抜け穴への　迂回みち

絶望の淵に　芽吹いた草木は
偽りの　みどり
だが　肩に食いこむ重いリュックの中身を探ると
残されているものの微かな蠢きが　腕に絡みつく

男の後ろからは　いつも
影になって　歩いてくる女がひとり
前に進んでも　後戻りしても　足の動きはとまら
ない
歩幅を狭めて（ちょっと　とおして　くだしゃん
せ）
母性がゆらめく

ふたりの見えない　これからに
長い物語が編まれ続ける
その先の筋書きは　だれも知らない

ページの余白に　ぽとり　落とされたインクの滲み
じわり　ひろがって
それでも　総てを覆いつくすとは限らない
残りの部分にペンをはしらせる

筋書きは自分で創るもの
女は真っ赤に腫れあがった指先で
哀憐のレッテルを剝がす

とおりゃんせ　とおりゃんせ
ここはどこの　ほそみちじゃ

能面

能面を付けた顔たちが犇く
病院の待合室

無表情な面の下に肌を凝縮させて
じっと耐えている
お呼びは容易に掛からない
ただ辛抱強く　だぶついた時間の端で
待たされる（まだかしら）

ようやく出番がきた人は
しずしずと　まるで能舞台を
摺り足で歩くように
診察室へ消える

その後姿に　たくさんの病んだ弓矢が放たれる
能面を突き上げてくる疲労の芽
邪心が謡曲の調べに乗って
感情の波をあわだてる

たった数分で終えた診察（えっ　もういいの）
小袖をつまみ　舞台に積もった不満に足を滑らす
医師が打ち鳴らす鼓の音で
その人は何の化身になったのだろうか
はたして　どちらがシテで　どちらがワキ

長椅子の上に面をはずして
能装束を脱ぎ捨てる役者
橋掛かりから　現世にたどり着いても
喝采の響きは　どこからも聞こえてこない
背後から追いかけてくるお囃子の音

得体の知れぬ戦慄に煽られて
不安げな鼓草《タンポポ》の冠毛が宙を漂い白い世界の扉を開ける

鎧を纏う

いちど鎧の衣を着けると
男は　なぜか脱ぐことができない
女は絹の衣でも
麻の衣でも
臨機応変　着替えられるのに

古びた武具で体を守り
その下に何を隠しているというのか
磨り減ったプライド
それともエゴの実

女が沈黙する裾野には
風が聞き耳を立てている
すけすけの　薄い絹をひるがえし
男の嘘を巧みに暴く

しかし　うっかり
禁句となっている言葉に触れようものなら
マグマ溜まりの山が
途端に　噴火
鎧にも罅がはいり　あらわに見える肌

女の認識不足なのか
思いのほか　もろい男の衣
もしかしたら
脱がせては　いけなかったのかも知れない
誇り高いプライドを垣間見る

だが
鎧を纏って　剣を振りかざす男が
傍らにいることで　保たれる日常もあるのだ
女は絹でも　麻でもない
普段着の上着に袖をとおして
駆け引きの綱を揺らす

朝のおとずれ

丸窓にひかりが灯り
まだ目覚めぬ脳髄の海に
剣が投げこまれ

さきほどから耳元で
誰かがしきりに水を揺すっている

ちゃっぷん　ちゃっぷん
ちゃっぷん　ちゃっぷん

遠い宇宙の果てから受信する電波か
それとも庭石に跳ねかえる雨の悪戯か
近くなったり
遠くなったり
三半規管の迷路を　足けんけん
目覚めのときを弄んでいるのでは

急ぐこともないのに
水音をたて　同じ時刻になると
汽笛を鳴らし夜明けの海を漕いでくる船がある

早くお乗り　と
無造作に差し出す手
その顔は　笑うでもなく　怒るでもない
乗せられるまま
惰性のコートを　おもむろに羽織ってみる

朝陽をたっぷり啜った海に抱かれて
動き始めた船の舳先に
似たような衣を纏った人影が揺れている

あら
あなたでしたの
今日の波は穏やかですか

狸囃子

真向かいの席に陣取ったその女は

先ほどから
手鏡を取り出して自分の顔の城壁を
築くことに　一心不乱

羞恥心を
網棚の上に放り投げ
若い女たちの
勘違いの時が刻まれる

電車の中は化粧室
眉を引く
紅を塗る
マスカラまで睫をすべらせ
修正不可能なんて　疑う余地すらない
可能を信じての工事現場は　立ち入り禁止

女の端くれとしては
こんな無様な工事の工程など見たくもない
じっと瞼を閉じ
車輪の子守唄に気を紛らす

毛の生えた神経が
鏡からはみ出し　にょっきり　にょっきり
無我の境地を迷走する背後に
狸囃子の狸の影が
ちらついている

あっちにも　こっちにも
出没する狸たちは　尻尾を隠さず
男たちを化かそうと　てぐすね引いて
月が出るのを待っている

ぽんぽこぽんの　ぽん　と

二人の母

朝のベッドの中で
ふたたび飛び立つことが出来ない鳥になって
冷たく羽をうずめていた義母

カラオケの歌声が
弾むように階段を駆け下りてきた昨夜
あんなに元気な声を響かせていたのに
ピクリとも動かぬ亡骸から
羽が一枚　三途の川をくだっていく

春風のような郷里の母と
嫁の私に北風を容赦なく吹きつけた義母の二重奏
隠れて　何度　涙を流したことか

だが　今　私に残されている珠玉の光るものは
優しさだけではなく
北風に打ちのめされても
凛として突き進める強靱な足だったのです

長く続いた冬景色に幕がおり
暖かな陽に包まれ　新緑が天を仰いで微笑む
勢いよく登りきった山の頂から手を振って
私は義母の心を釣りあげた

「おかあさん　おかあさん」と
いつしか義母は　私の子供に様変わり
北風に別離を告げ　甘えて鼻をひくひくさせる
それが　なんとも可愛くて
母性本能は冬の寒さのことなど忘却の彼方に押し
　やり
幻の像をつくりあげる

今頃は　あの世とやらで
二人の母が笑いながら
私の取り合いをしているかも知れない
いつの日か　そちらへ行ったら
私も仲間に加えてくださいね

家族の残像

ダイニング・ルームの
広いテーブルの　片側に
二人はひっそりと並んで座っている

真向かいにある三つの椅子は
いつも空席
かつて　その場所を埋めていた　それぞれの影が
ときどき　朝日のなかに揺らめいたり
言葉が溢れてきたりする

箸が動く
味噌汁を啜るかすかな音
子どもたちの笑い声
義母のちょっぴり辛辣な声も

だが　今では
静か過ぎる二人だけの食事のひととき
おいしかったですか
うん
おいしくなかったですか
うん

茶碗のなかに
惰性というご飯を盛って

皿には疲労という大きな魚の煮付け
三つの椅子が危ぶむように
鍋を覗きこんでいる
少し味が濃くありませんか

そうなのです
二人は頷きながら顔を見合わせる
テーブルの上にこびりついている家族の残像を弄
　るると
とつぜん　声を失った夫の声が
キラキラ光りながら蘇り
金ぐさりの花となって私だけの泉に垂れ下がる

看取られぬ命

命の焰の消える音が
無の世界に引きずりこまれていく
指先が今でも
鮮明に覚えている冷たい肌触り

それは
微かに残された　温もりのある生から
次第に変化していく死に至る過程での
悲しみの落下

ひたすら　足の脛を
摩ることしか出来なかった沈黙の時間
あのとき　すでに
焰の半分は消えかけていたのかもしれない

義父の最期を看取り
慟哭の嵐のなかで揺れ動いていた　デスマスク
人の死を間近に見た時の

堪《こら》えようもない胸の痛みは
時を経ても　薄れることはない

けれども
看取られて死出の旅路につける人は
幸せなのかもしれないのだ
誰にも看取られぬまま
苦しみの坩堝の中で　もがき
ひとり寂しく旅だって行った命もある

心の準備もできないまま
あっという間に
波に飲まれてしまった悲劇は
幕が下りたまま　永遠に開くことはない
命の焔の消える音すら聞こえてこない

神はどんな顔をして　その人たちを
迎え入れたのであろうか

平塚空襲

私はその音を聞いてはいない
その焔の熱さを感じてはいない

片田舎の田圃が広がる故郷で
五歳の私に
戦争は単なる絵物語にしか過ぎず

平塚の街に住んで　四十余年
この穏やかな地にも
おぞましい戦禍の歴史があることを知り
物語が急に立ち上がってくる

ヒロシマへ原爆が投下される二十日前
B29爆撃機
百三十八機にも及ぶ編隊により
激烈な焼夷弾の雨を浴びる
平塚市街の八割が一夜にして消失
未曽有の壊滅状態になる
第二海軍火薬廠があったため狙われたようだ

今では誰も振り返ることのない火薬廠跡の碑が
風雨に晒され　無言で建っている
平和の波が飲み込んでしまったのでしょうか
平塚空襲を語る人も
足を止めて碑に目を注ぐ人もいない
だが何故かそこには跡地とだけ記されてあり
戦争との係わりを示す文字が見当たらない
戦争の記憶が乏しい脳髄に

突然　発砲される弾丸
物語は　五歳の私を通り越して
真っ赤に血塗られたページの上を彷徨う

私はその音を聞く
その焰の熱さに触れて思わず天を仰ぐ
過去のことではない　今も続く轟き

平塚の空は黙していても　世界の空につながって
いる

赤い花びら

生垣に沿って
雁首を並べた赤い山茶花の花
そこを通りかかる人たちの項に黄色い口を開いて

何かを訴えるように
熱い息を吹きかけてくる

はっとして思わず視線を落とすと
一面の赤い雪が帯のように連なっている
ときおり訪れる風の戯れに
舞を覚えた花びらが帯をほどく

地面に積もった赤い雪を
綺麗だと思う
素直に綺麗だと思える自分は
幸か不幸か

戦争の傷痕を抱いたまま
過去を引きずっている人たちにとって　赤は血の
色
血の滴りのような赤に対する反応は
田舎住まいで終戦時五歳だった私にはない
唯一あるのは　空襲警報が鳴り出すと
電球を黒い布で覆った記憶
だから私の戦争の色は黒なのです

かつて　この国が戦争をしていたこと
被爆国という痛ましい歴史の真実
遠い国の物語を読んでいたような私の前に
突き付けられた硬い拳

拳を開けると
そこから見えてくる重苦しい陰影
誰もが赤い色を綺麗だと思える
世の中であって欲しい
だが　世界の至る所から飛び散ってくる花びらは
ますます朱色を深めて毒を内包する

三十分間の孤独　ＭＲＩ

まるで　そこは
工事現場のビルの中
複雑な文明社会の騒音が　重なり合い
脳の深部に　潜入

ロケット弾の内部に
すっぽり押しこめられた身体は　硬直
ビルの窓を突き破り
宇宙空間に　放たれる

この弾丸は　どこまで飛んでいくのだろう
もしかしたら戦禍の絶えない国々の
わき腹めがけて突進しているのかもしれない

そこへ命中したら
もっと火焔があがるのか
それとも　どんな顚末が待ち構えているのか
しっかり　見定めねば

閉所恐怖症では　ないけれども
人質となった孤独を全身で抱えて
不穏な音に立ち向かう
いつの間にか　弾丸に同化した脳も燃えている

三十分　経過
（はい　終わりました）
白衣の技師は無表情のまま
打ち上げたロケットを　こともなげに降ろす

弾丸は着地点が見当たらず　逸れたようだ
バンザイ　焔が鎮火

次の人質が覚悟を決め　発射台に登る
戦時中の特攻隊のように信念を掲げて

いくら磨いても

窓ガラスに
貼りついた　たくさんの黒い足跡
烈しい雨脚のなかに身を潜めて
いったい　何者の仕業か

通り過ぎた後の汚れを
手早く拭き取ると
化粧直しをした　顰めっ面が
ぴんと張りつめる

ガラス越しに映る　初夏の景色
緑の袂を　木々の枝に絡ませ
ひらひら　靡かせているのに
何故か　不安げな風が耳朶を嚙む

あえて見ようと思わなくても
視界に映し出される彩
さまざまな貌を携えた自然の懐で
裏切りの陽炎が　冷ややかに燃えている

世の中には
いくら磨いても
どんなに手を尽くしても
頑として落とせない　巨大な鏡の汚染がある

鈍い光に照らされ
鏡を脅かす　得体の知れないもの
摑みきれない　その正体

ふと　手を止める
透明なガラスの向こう側から
見つめられている　眩しい視線
こんなにも容易に　落とせる汚れもあるというのに

もう一つの顔

あちこちに点在する
自然界の館の奥には　魔物が住みついている
ひとたび姿を現したら　太刀打ちできない

森も　海も　河も
いつもは　ひっそりと静まり返っている

息を殺して　館の主は
横たわったまま　瞑想の姿勢で

太陽の光が　そっと手を伸ばすとき
森は幸せそうに　枝葉を揺すり
その手を握り返す
海も河も　体をきらめかせて喜びに浸る
大自然の譜面は　果てしなく広がり
かつて羊水の海から生まれた我々の耳にも
田園交響曲が流れたりして

疑うことなど何もない
自然は　あくまでも優しさに満ち
人々は穏やかな調べに　歩調を合わせる

だが　魔物が目を覚ますと
おぞましいドラマの修正が　効かなくなる

微笑みの下に隠し持っていた　もう一つの冷酷な
　顔が
とつぜん　クローズアップされる

深層崩壊で怒号をとばす森
狂ったように震えだす海
河も形相を変え襲いかかり
平穏な日常が　あっという間に盗まれる

このままで良いのか
限界という橋の上から眺めるだけでは　もう　済
　まされない

魔物がひれ伏すまで
自然界の館の扉に釘を打つのだ
それが出来るのは　やっぱり人間だけしかいない

繋がる

言葉の持つ重みを　秤にかけたことがありますか
迂闊に量ろうとすれば
かえって相手の　反感を買い
心を傷つけてしまうかも知れません

励ますつもりの愛の飛礫《つぶて》が
思わぬ方向の壁に
風穴を開けてしまっては

そこから射しこむ　空しさの光の屑
届かぬ言葉の切れ端が縺れ合い
瘡蓋は剝がれない
発信する側と　着信する側の　双方の想いが捩れ

る

風船玉となり
ふらふら　宙に飛ばされる溜め息
赤　青　黄　と　放たれる　様々な色彩の声は
どこまでも

障害物に当たって破れたり
空気が漏れて萎んでしまったり
薄いゴムが持ち堪《こた》えている　その姿は
テレビ画面の表側でしか　見ることができない

本当のゴムの弾力を知るためには
現地の空の下　自身の肌で
同じ空気を感じることなのか

発信と着信の回路が繋がったとき
愛の電波は　手を携えて歩き始める
そうしたら改めて　言葉の重さを量ってごらんな
さい

詩集『夢を買いに』（二〇一五年）抄

Ⅰ

妙薬

汗の川の堤防が
今にも決壊しそうだ
ちょろ　ちょろ　と
ひとすじ
胸の谷間に　光るもの

あつい

意識の薄皮が
剝がれて
熱風に　ぴら　ぴら

どんなに叫ぼうと
地団駄踏んでも　人間には
止められない自然現象の
重い火蓋

じゅっ
指が火傷をして
赤く腫れ上がる

何か　いい薬はありますか
辛抱という妙薬を知っています
試してみますか

いいえ

太陽を
打ち落とそうとして
棒で　突っついている男が
首を横に振る

体の中の地図

どこへ消えてしまったのでしょうか
大事な　大事な　あなたの分身
机の引出しや　上着のポケットの中を
鷲掴みに探って見たけれど
いくら　捜しても見当たらないのです

あの　予期せぬ大手術の後
急に私から　遠ざかるように
分身の記憶が閉ざされてしまったのです
ずいぶん　長い間
あなたは暗澹とした日々の自分と戦いながら
失ってしまった声と命の重さを
秤にかけていたのではありませんか

どちらを選んでも失うものがあるなかで
声と引き換えに得た命の車輪は
息切れしたかのように道路を横切り
ガタガタと大きな雑音を響かせて走っていた
無念さを引きずる影を踏んではならないと
私は小幅に後ろから
ついてきたつもりです

あの日から　すでに二十年
行方不明になった分身を求めて
あなたの体の中の地図をたどってみたのですが

道は途切れたままで

どうしても見つからない　あなたの分身
神隠しにでもあってしまったのでしょうか
でも　ようやく私は気付いたのです
いつの間にか
あなたを　丸ごと呑み込み
じわじわと消化され始めていたことに

宙ぶらりん

小さな螺子が　ひとつ
部屋の隅っこに　ころがっている
拾い上げても　何処から紛れこんだのか解らない
あわや　無頓着な掃除機の
餌食にされてしまう所だったが
じっと眼を見開き　懇願する声が届いたのか
難を逃れたようだ

出どころは不明だが
きっと大事な役割を果たしていたに違いない
捨てるに捨てられず
ひとまず小箱のなかへ放りこむ
止め金を失って機能しなくなった本体は
そのものに成りきれず
宙ぶらりんを持て余しているかも知れない

今は捜して貰えなくても
居場所は必ずあるはず
その時が来たら　胸を張って出ておいで
完全な姿に戻って
果たしてきた大役を自慢したっていいではないか

ふと　空を見上げると
青い視界に銀色に輝きながら　飛行機がよぎる
そうなんだ　あのトビウオの胴体にも
宇宙へ飛び立って行った衛星にも
町工場の職人たちの腕から生み出された螺子や
その仲間たちが生きているのだ

表舞台に登場しなくても
陰で支える大きな力になっていることを
気づかせてくれた小さな螺子の存在
早く納まる場所が見つかるといいのだが
小箱の枠が高すぎるせいなのか
なかなか捜してもらえない

花丸のゆくえ

幼いころ
白いノートの上で
賞賛する花丸を貰ったことがある
世の中という藁半紙の上でも
通用するのだろうか

脇目もふらず
突っ走ってきたレールは
時によると
ポイントの切り替えを間違えてしまうことがある
一流大学　成績優秀
勘違いのレッテルを貼った車輪の動きは
鈍くなったり　止まったり

ひとたび　脱線したら
なかなか元に戻れない
プライドだけが凝り固まり
職場や同僚にも馴染めず
薄い藁半紙は破け　無惨な姿に

こんな　はずではなかった　と
悔やんでも　あとの祭り
引き籠った部屋には
唯一　慰めてくれる現代機器のパソコンやスマホ

だから　花丸なんて貰わなくても
卑下することはないのです
どんな紙の上でも　うまく歩ける足さえあれば
靴の紐は　ほどけることはないはず

人間は普通が　いちばん
普通こそが　順応性と可能性を秘めている
あなたは　けっして
駄目人間ではありません

食いちぎる

庭の植木の水撒きをする
ホースから一気に吹き出る勢いにハッとして
今まで項垂れていた顔が　振り向きざまに
ぴんと姿勢を正す

葉脈の笑い声が　ざわざわ
水の匂いを嗅ぎつけ
何処から現れたのか一匹の蜥蜴が

命の手綱を引きずり　近づいてくる
私も水がほしいのです
暑さで喉は　くっつきそうです
いっしゅん　懇願する目に睨まれ　火花が散る
思わず背中めがけて
シャワーを浴びせる

じっと静止したまま
気持ちよさそうに　小さな塊をほどいて
腹をひくひく　恍惚の悦に入る
だが　よく見ると
尾が半分切れているではないか

誰にバッサリやられたのか
どこで　そのものを失ったのか
憐れみをよそに　何事もなかったかのような素振りで
草花の茂みを
目にも留まらぬ速さで走り抜ける

体の一部を失っても
図太く生きる根性は　見上げたものだ
ひょっとしたら　不要なものとして
自分で自分を食いちぎってしまったのかも知れない

身軽になった体を　自由自在に操り
生を謳歌しているような蜥蜴の動き
もう一度引き返し　あたりを窺うように
葉から零れる命の水滴を舐めている

ある疑惑

大事に温めていた卵が　ぱっくり
蛇に呑みこまれる
二つに分かれた黒くて細い舌先を
ペロペロ震わせて
感触を確かめている

胴体の中ほど
丸く盛り上がった疑惑の形を
砕こうとして
何度も岩に　たいあたり

あれは青大将か
それとも銭型の紋をちらつかせた　蝮

毒牙の企みを露骨に剝き出し
心は真綿で　ぐるぐる巻き

かつて　その眼のなかに
信じていた穏やかな海があった
怒濤の騒ぐ音を耳にしたときから
潮の香りさえも失われ
友情の幻影だけが
不安を揺すっている

折りたたまれていた時のページが開かれ
ようやく未消化の卵が
吐き出される
だが　いつの間にか丸みは失われ
醜い人間の顔に
すり変わっているではないか

信じることの曖昧さ
いくら噛み砕いても　こなれない塊
言い訳の言葉が　舌先から
数珠つなぎに垂れ下がっている
疑惑で溢れたコップには
もう受け入れの余地すらない

朝の食卓

皿の上には　鯵の干物
乾びた　その姿は
形だけの魚の名残り
丁寧に身をほぐし　共食いの箸を動かす
それなりに香ばしさが
舌を包み込む

少し　しょっぱいのは
昨日の胸の閊えが
残っていたせいでしょうか

蟠りに染まった心を拭うように
何食わぬ顔で
張り付いている骨を取り除く

あなたが伝えようとしていたことは
何だったのですか
もう一度　教えてください
沈黙が沈黙を呼び　私に追い打ちをかける

見えない言葉が
味噌汁の椀の中に　文字を浮かびあがらせる
そっと上澄みを掬って　ごくんと飲む

明日は　澄まし汁にでもしてみましょうか

冬の陽

朝のひかりが
敷居をまたいで
気がつくと　部屋の奥まで
足を踏み入れている

誰に断りもなく
まるで自分の居場所のように
そこに座って　膝を崩している
私の頭上を通り越した時
耳朶に微かな
温もりの息を感じたが

ぬきあし　さしあし
あれは当然と装う　侵入者の驕りか
空っ風に飛ばされてきた枯葉が
窓ガラスに張り付いて
妬みの手を翳している

だが　ふと畳に目を落として
当惑の色を濃くする
イグサの細い織り目から
漏れてくる茶色い吐息を
葉っぱは　聞いてしまったのだ

虚飾に満ちた優しさに
騙されていたのではないかと
窓から　すっと離れて
醒めた意識のなかを彷徨う

悔恨の哀歌が
唸りを残したまま
空の譜面に　色濃く書き込まれていく

夢を買いに

朝がスリッパを突っかけて
ペタペタ階段から
降りてきた

早く履きなさいと　命令され
草履虫になった足が
おもむろに　立ち上がる

軽く吸い込んでいた空気が　近ごろ
なんとなく　重さを感じるのは
気のせいか　歳のせいか
光の先端が
雨戸の隙間に挟まれて
折れ曲がっている

影を残して
寝ぼけ眼が　のっそり這い出す
目覚めたばかりの台所も
まだ　無口で
蛇口から迸る水に　うろたえている

納豆を　かき混ぜ
今日を　かき混ぜ
刻んだ葱と　鰹節の中に
ねばねば　縺れ合い
女を紛れこませる

天気は　上々
惰性の草臥れたハンカチを
内ポケットに　ねじ込み
歩いて　青空市場へ向かう
ご一緒に　夢でも買いに行きませんか

Ⅱ

赤い球体

太陽が西から登り　東へ沈んでいく
そんな逆転劇が演じられたら
宇宙の大海原で
月は戸惑いの瞼を伏せたまま
昼と夜の境目に
身を投じてしまうかも知れない

震災の傷も　まだ瘡蓋が剝がれていないのに
大洪水や　突然の火山の噴火
未来ある人々の命が　いとも簡単に犠牲にされて

自然が生んだ病理の闇に
呑み込まれ　もがき苦しむ
引力の歪みは
想定外という魔物を出現させる

だが　球体の至る所で引き起こされている反乱も
ある
次から次へ飛び火する不満が
世界の国々を　素手で引っ搔き回している

自国の民に銃口を向ける　理不尽さ

殺戮をも厭わない狂気が
難民となった女や子供たちの上にも降り積もって
いる
過激な戦が　齎したものとは何か

青い球体は　血で赤く染まり
回転が鈍っている
破滅への宇宙空間に放り出され
海の藻屑となる姿など　見るのはごめんだ

戦いの相手を間違えているのではないだろうか
もう　殺し合いなどしている時ではない
青い地球を守るため
自然界に潜む悪魔を追放する策を講じるのだ
これ以上　狂暴な振る舞いを許してはならない

隣り合わせ

針の先端を研ぎながら
暗い物陰に潜んで
獲物を物色する　蚊

目に見えないほどの
小さな姿に騙されて　気付いた時には
ぶすっと　一突き

夏の夕方
あらわに出した二の腕のテーブルで
ふてぶてしくも食事が始まる
一滴の血で満たされる腹の下では
至福の時が刻まれて

だが　その瞬間
予期せぬ平手の一撃が　ぴしゃり
ご馳走は白い皿に
赤い斑点を描き
奴は　冥土の扉の奥深くへと

だいたい　そんな　ちっぽけな体で
人間様をターゲットにするなんて
身の程知らずと言うものだ
美味しい血のスープを吸うのは　命がけのはず
その味を知ってしまったばっかりに
危険を承知で
みずから罠に落ちてしまったようだね

生きることは死と隣り合わせなのだよ
針の威力に自惚れていたのではなかったか

絶対なんて言葉は　単なる幻想
だが　毒を残して
あの世で高笑いしている蚊の恐怖に
震えることもある

人が消える

気が付くと
周辺から
人がだんだん消えていく

「最近　あの人見かけないわね」
「だって　亡くなったのよ」
「えっ　そうだったの」
「今は家族葬が多いから　解らないわね」

他人の目に触れられなくなった時
たいてい　悪い話ばかりが囁かれる
死んだとか　入院しているとか

ならば
顔を見せ　大手を振って歩いていれば
世間の人に　生きていることを
証明できるのか

日課となっているウォーキング
せめて足だけでも鍛えようと
老体に釉薬《うわぐすり》を塗って
若い友の輪に入る

だが　ぶよぶよに膨らんだ老齢社会が
すぐ　そのあたりに胡坐をかいている
ご遠慮しますわ　と嘯いても

私の座席もすでに用意されているようだ
霧にぼやけた衝立の先には
輪郭だけの人影が　ゆらゆら
顔は定かではないが
なぜか皆　同じ方角を向いている

行く先は一つ
姥捨山が目を皿にして
次の獲物の品定めをしている

手を合わせて

仏壇に灯りをつける
蠟燭を点し　お線香をあげる
いつものように　花の水を取り替え

ご飯とお茶を差し出す
両手を合わせ　あの世との交信で私の今日が始まる

義父母は　すでにあちらの人
盆が近づくと必ず夢の中にお出ましになり
かつての日々を再現させる
どんなに辛いことにも
昔の嫁は忍耐力を持っていた
姑に従順という当然を強いられ
跡取り息子と結婚すれば家の嫁になる

茨のなかで生きた四十年余りだったが
その分　心は鍛えられた
大正元年生まれの筋金入りの姑
涙以上に学ぶことも多かった
だから毎朝　仏壇に手を合わせて

あなたに会いに行くのです
般若心経など唱えながら
揺らぐ焰の先に　面影を浮かべます

家という古い慣例から
解放された若い夫婦は　思いのままの今を生きる
縛られることなど　無いかも知れないが
知恵を受け継ぐ術も無くしてしまった
家族制度の崩壊は仏壇の灯を消してしまう恐れがある

本当は私も　あのころ
自由という風通しのいい帽子を
一度は被ってみたかった
でも見て呉れのいい帽子なんて
やっぱり吹っ飛ばされてしまうだけの軽さなのだ

招かれざる花

いくら手折っても
あとから　あとから　芽吹いてくる花

着膨れしたメランコリーが
裾を引き摺って歩いてくる
部屋に飾ったものの
すぐに精彩を欠く

仕方なく活性剤を　一滴落とすと
艶やかさが目覚めて
花瓶の底を擽る

だが　持続しない効能
水のなかに吸収されていく　老いの呪文
欲しくはないのに
また　一本花が増えていた
見えない敵に挑む手立てはないものか

メタセコイアの巨木

公園へと続く並木道には
壮大な五十本のメタセコイアが
四季折々の姿を見せて　どんと構えている

夏には両側から伸びた緑の葉っぱの手を取って
大きな日傘を差してくれるので
そこを訪れる者にとっては　紫外線から免れるひと時だ

冬の季節には
落葉針葉樹の茶色く染まった布を
何層にも地面に敷き詰めて　粋な演出をする
歩きながら足裏の感触を楽しんでいる人々は
回廊を渡る風の匂いに　歓喜の声をあげる

細長かった空が急に開け
どっと光の洪水が溢れ出す
青さを増した大海原からは　水が滴り落ちてくる

何気なく視線を向けると　太い幹の根元の周り
至る所で土を押しのけ
根っこが　四方八方から　はみ出ているではない
か

なぜ　地中で静かに幹を見守ることが
出来なかったのかね

じっと耐えている仲間もいるというのに
混迷している世の中なんて
あえて　見なくても良かったのだ

でしゃばれば
踏みつけられたり　躓いたからと言って　怒りを
　貰うだけ
恩恵なんて　すぐ過去のものになる
都合の悪いことが生じると　不平不満だけが勢い
づく

それでも　雑音なんて　いざ知らず
どんと構えたメタセコイアは
空に聳えて　なんと雄々しい立ち姿であろうか

未刊詩篇

朝焼けの空

心の中には
深い　深い　沼がある
おもて側からでは　決して見えない
その深さ

足を取られると
底なしの闇から　太い手が伸び
引っ張りこまれる

ずぶ　ずぶ
沈んでいく恐怖の
ぬめり
異臭にまみれた皮膚の叫び声が
水面を波がたに　うねる

行き着く所は　あるのだろうか

繁茂した葦の　ざわめき
葉に飛び散る汚泥
沈黙という貝が　薄目を開けたり
閉じたり

東の空が　ひととき
赤い布で覆われる
息詰まる　朝焼けの胸騒ぎ
異様な眺めの　空のトンネルを潜り抜けると
どんな今日が待っているのか

端を捲って

伏し目がちに　太陽が顔を出す
今日は雨になるかも知れない
沼の水が
溢れてしまわなければ　いいのだが

人違い

向こうから歩いて来る人は
ウォーキング仲間の
ふみ子さんだ

おもわず手を上げたが　何の返答もない
「どうしたのかしら　素っ気ないわ」
無言の彼女が近づいてくる
「きょうは　帽子が違っていたので
　別人かと思ったけど」

それでも無言
訝る目が　じろり私に注がれる
「あら　ごめんなさい。人違いだったわ」
その人は不信感が解けたように
私の心の泉に苦笑いを落としたまま
いそいそと立ち去る

日毎　薄いベールに覆われていく視力　脳
曖昧を抱き込んだ渦が大きなうねりとなって
老いの岸辺に押し寄せてくる

だが　もしかしたら
彼女は狐だったのかもしれない
振り返ると大きな尻尾が
ゆさゆさと揺れている
私は化かされていたのだろうか

もう一度振り返ると
すでに　その姿は緑の木陰に消えている
抜けるような青空が　ただ広がっているだけ

いつもの道に目を向ける
向こうから歩いて来た人は　本物のふみ子さんだ
尻尾を隠していませんね

変わらないことは

外はまだ暗い

月は
落ちたまま
地面に貼りついている

雨戸を開ける手の甲に
冷たい舌先が触れ
険しい言葉の挨拶をする

眠って　起きて
惰性で繰り返される私の日捲り
何か変化の吉兆は　ありませんか

無くっても
いいじゃないの　と　自問自答

変わらないことは
幸せの証なのよ
でも　地球儀を　ぐるり　回すと
信じられないほどの
残酷な世界の旅に連れ出されて胸がキリキリ

誰かが勝手に月を拾ってしまったらしい
足あとの残像の中に
不気味な黒い旗が
唸り声をあげて　靡いているではないか

深呼吸を　ひとつ
ほやほやな今日を
何食わぬ顔で　握りしめると
指の間から　滲み出てくる苦いしたたりが
手のひらに世界地図を描く

金《かね》のなる木

茎の間に　生えた葉肉が
硬貨を装い
鉢の住まいで世間を一望している

黄金花月
縁紅弁慶などと
洒落た異名を持つ多肉植物
日がな一日庭の仲間に潜入して
存在の証を誇示

寒さは嫌い
冬には屋内か　軒下で
間借りを迫られる
置く場所により色が変わっていく様子は
人間の習性によく似ている
三つの鉢が　それぞれ別の表情で
住人の顔色に探りを入れる

だが　指が葉に触れただけで

お金が逃げていくように
ぽろりと落ちる
茎も圧力に弱いのか簡単に折れてしまう
もしも本当に　お金が生るという木があったら
人々はそこに群がって
良からぬことを企てるに違いないが
楽をして儲かる　虫のいい話など何処にもない
オレオレ詐欺さん　聞いていますか

働いて得るからこそ　価値があるのだ
騙されないように　用心　用心
葉肉の縁を紅く染め
警告のシグナルを点滅させている

出し惜しみ

今日の太陽《あなた》は
居眠りでもしているのかしら
雲の扉を開けたり閉めたり
時々気まぐれに顔を覗かせて
光の反射鏡を翳している

そんなに
出し惜しみをしないでね
みんな　あなたを待っているのよ
洗濯竿に釣り下がったパジャマやシャツが
生乾きの溜息を
漏らしているではないの

扉を締め切っていたら
天照大神は
何と言われるでしょうか
天の岩屋の岩より軽い雲なんて
容易いことではないでしょうか

誰にでも平等に　あなたは
愛のひかりを与えてくれるので
早くその姿を見せておくれ
涙を零したりしては
卑怯者と呼ばれてしまいますよ

そっと扉が開いた
高天原を連想させる大地は
瞬く間に　眩い玉飾りで溢れる
からっからに乾いた笑顔が
洗濯物に絡まって　はためく

だが　大八洲《おおやしま》は雲に隠れて不穏な動きが
至る所で勃発している

薔薇の誘惑

どこからともなく聞こえてくる
ざわめきの声
足を止め　振り返ると
鋭い薔薇の視線が突き刺さる

赤　白　黄　桃　橙
さまざまな色で賑わう　その素顔
手招きされて
新緑のカーテンの陰から
誘ってくる目と　ぶつかり合う

熟れた唇
仄かに漂う香り
棘を隠して　人々の心を惹きつける
揺れる枝に戯れる風

美を競いながら
シャッターに納まる貴婦人の
艶っぽい流し目
自信過剰が生み出す負けじ魂が
至る所で　弾けている
薔薇園は女の戦場

カメラが　間近に迫り
そっと頬擦り
情熱の吐息が　レンズを曇らせる
指で拭うと

その奥から現れた　透き通るほどの肌
おもわず胸の燭台に
ゆらゆらと火が燃える

棘の傷痕の痛みを押さえて
薔薇の誘惑に　のめりこみながら
ひとときの悦楽の坂を　転げ落ちる

それでも　爽やかな空のベッドは
果てしなく広がる海の色
ざわめく声が　いつまでも渚を洗っている

占う

わが家の廊下を歩く足音が
男の今日を

訪れた病院の長い廊下にも
さまざまな想いを引きずった音が
日常をそぎ落として
散乱している

拾いきれないほどの
世上の行路を　辿ってみると
男の姿が二重写しになって
紛れ込む

今日の占いは
凶か吉か
気掛かりな不揃いの足音が
占っている

耳に忍び込む音律の
不協和音
低く　ゆっくりと
鼓膜の橋を揺さぶっている

その場所を
渡りきることの出来ない
もろい爪先が
ため息の雨に濡れて

傘はいらない
男は濡れた体を
拭うこともしないで
女の差しかける手を振り払う

朝

昨日の涙は
パジャマに染み込ませて
素早く
洗濯機で洗い流そう

ぐるぐる回る生活の泡
捩れたり
絡んだり
目まぐるしく縺れ合う渦の中
私も体ごと
戦場めがけて

今日を見つめる目が
パチンと弾けて
あわ　あわ　あわ
顔にかかった虹色の贈り物

すっかり消えた　涙の痕
生き返ったパジャマは
何事もなかったかのように
ハンガーのブランコで
風の戯言を聞き流している

夕方
丁寧に洗濯物を折り畳み
あなたの心の皺も伸ばすと
指先から伝わってくる
セロハン紙のような情愛

生きるって大変だよね

でも　涙を愛に替えられるマジック
知っているから
あたし　笑顔で
険しい坂道だって　へっちゃらよ

風になる

項《うなじ》に　心地良い息が触れて
振り返ると
涼しい眼をした少女が
寄り添うように立っていた

右手に持った夏のサンダル
左手には真っ赤な秋のハイヒール
どこで　履き替えたらいいかしら
首をかしげ　可憐なしぐさで問いかける

さあ
私に聞かれても

見つめられると
はにかむように　靴を後ろ手に隠す
高い空の彼方から
下りてきた秋のサインは盛りだくさんで
カバンの中から　はみ出している

もう　そろそろいいんじゃないの
ええ　ハイヒールが足にぴったりになったわ

尾花　女郎花　葛　桔梗
撫子　萩　藤袴
それぞれが競って　自分の立ち位置を訴える

私も負けまいと虚勢を張ってみたものの
肩に浮き上がるタトゥーのような
虫食いの葉の染みが

敷居の上に
一本の女郎花を残したまま
少女は七草を編み込んだ絨緞に乗って　風になる
サンダルが片方　無造作にころがっていた

半分　半分

年輪を重ねた幹の中に
沢山の物語が
書き込まれている

指で剝がしてみると
涙が溢れて来たり
笑いの余波が押し寄せて来たり
数えきれないほどの追憶を
読み返すことができるのです

ふたりで
半分　半分　ちぎって食べた
日々のページは
苦く　酸っぱく
味付けは苦闘の連続ばかりで

苦虫を懐に偲ばせたまま
肩を落として歩く　あなたの後ろ姿が
闇に飲まれる

私の心にも

傾《なだ》れ込む黒い垂れ幕
おもむろに開けると
日差しが色づいた葉っぱの上で
跳ね返っていた

そう　わたしたち生かされているのだわ
次の物語を書くため
手にした鑿で
コツコツと幹に刃を入れ
魂の駆け引きを迫られているのです

虫食いの葉の穴から差す光が
こんなにも綺麗な虹色だったなんて
物語の中には書かれていませんでしたね

花を抱く

幹はがらんどうの虫食い
肌はぼろぼろ
梅の老木が　喘ぎながら
かろうじて息をしている

だが　どっと
押し寄せてきた春の気配に　びっくり
青空の大海原めがけて
瞳を泳がせ始める

枝の先では
薄紅色の　花を抱き
うっふっふっ　と

含み笑いを　こらえている様子が横目に写る
どこに　そんなエネルギーを
隠していたのかしら
老いても　なお若い女の色香に
目覚めたかのように　貌を紅潮させている

柔らかな日溜まりの中で
ひとときの幸せに　ほろ酔い気分
心を浮き立たせたまま
ときめきの胸が波打つ
過ぎ去った青春の糸を　軀幹に巻き戻して

やがて愛は成就され
実を結ぶ時がくる　ことのほか冷たい風に
もう限界というシグナルを点滅させる

しかし　根元に生えた新しい命の芽が
がらんどうのトンネルを突き抜け
空の海へ勢いよく　立ち昇っていく
うっふっふっ
また　あの含み笑いが　ごつごつした肌を擽る

エッセイ・小説

天与の試練を超えて

私たちは幸せという言葉の真の意味について、考えたことがあるだろうか。人間は誰でも、平凡で何の変哲もない日常などに、幸せという言葉を当てはめるような安易な考えは、持ち合わせていないないであろう。

幸せとはもっと他にあり、手の届かない遥か遠くばかりに目を向けてしまっているのが現実のようである。

平凡な日常生活の中にこそ幸せはころがっているのに、そういう渦中にいる時は、足元の宝石も石ころにしか見えないものだ。

だが、ひとたび平穏な日常が奪われた時、初めてほんとうの幸せが何であるのかを、思い知らされる。

そんな私も例外ではなく、幸せという言葉の意味を履き違えていたようだ。高価な靴の中ばかりに、求め続けていた幻の幸せ。サイズの合わない苛立ちに、やきもきすることばかりが多くて。

夫に対する愚痴や不満が大手を振って歩き回っていた日々。ぬるま湯に浸りながらも、更に膨らんでいく人間の欲望。幸せを足蹴にしていたような私の体の中に、いま悔恨の黒い花が揺らめいている。

平穏な日常など脆いもので、あっという間に失ってしまうものだ。愚痴や不満が言えるという贅沢な悩み。裏返せば、幸せをひけらかせていたに過ぎなかったということに気付いた時、女の愚かさに心が痛んだ。

突然、襲って来た悪夢のような嵐。雷まで伴い、すさまじい勢いで稲妻が走る。

夫が下咽頭癌と宣告され、手術のため約三ヶ月間の、大学病院での入院生活を余儀無くされたのは、丁度一年前のことである。最初に知らされたのは本人であり、家族よりも先に本人が癌のことを知ってしまう。

本人の受けたショックに、私はどんな言葉をかけていいのか全く戸惑ってしまった。

「治る見込みがあるから医者は、はっきり言ったのだと思うわ」

自分自身に言い聞かせるように夫を励ますのだった。

最初に行った町医者から、市の病院へ。そこからまた、紹介状を持って大学病院へまわされ、なかなか入院すら出来ない。

不安を抱えた夫の風船玉は、膨らんで行くばかりで、ベッド待ちの病院からの連絡を、一日千秋の想いで待った。年老いた姑や子供たちにも言い出せず、夫婦二人での苦悩が続く。

ようやく十日もしてから入院をすることが出来た。苦悩を一人で背負いきれずに、私は夫の了解をとり家族の皆んなに少しずつ分担してもらうことにしたのは、相当日数がたってからだった。

悲しい事実を知らせ、子供たちへの動揺を和らげようと、必死で押し寄せて来る高波を防ごうとしている気持を逆に見抜かれて、私への気遣いの言葉が返って来ようとは思ってもみなかった。

子供たちは私よりも、ずっとしっかりした考えを持っており、心強い支えにしみじみ親子の絆を確信した。

だがその時はまだ、命と引き替えに声を失うことになろうとは、誰も考える余地などなかった。

夫を励ましながら、手術の決断をする。

検査は一日に一つか二つで、三週間も続く。検査手術まで行い、本手術に向けて万全の準備をするため、容易ではない。

癌の進行が気にかかり、早く手術をと望む気持とは裏腹に、失ってしまう声のことを思うと、一日でも手術を遅らせたいと願う複雑な心境が入り交じる。長年交わした夫との会話。この声……この声が無くなると思うと、とても辛かった。でも、それ以上に辛いのは夫なのだ。

喉頭、咽頭、声帯、食道の切除。その上、開腹して小腸を切り、頸に移植して食事が出来るようにするという、一昼夜を要する大がかりな手術である。

主治医と本人との同意書を交わし、納得して手術に臨むのだ。移植した腸の血管が機能しなくなった時は、再手術もあり得るという内容は厳しいもので、ただただ成功を祈るばかりだった。

夫はまな板の鯉になって、手術室に運ばれる。長い長い一日という待つ時間。待合室は手術が終るのを待つ家族で溢れていた。重苦しい澱んだ空気。

次第に手術が済んだ家族の姿は減り、最後に残ったのは私と子供たちだけ。不安が募る。

朝一番で始めた手術なのに、主治医から呼ばれて説明を受けたのは、夜の九時のこと。

ホルマリンに浸した夫の、取ったばかりの喉の部分を見せられて、三センチ位の癌の正体が暴かれる。医師はまるで模型にでも触るように、「これが、そうです」と平然と説明したが、私はこわくて凝視出来ないでいた。

大学病院の貴重な教材として、ビンの中に納まってしまった夫のそれ等。空っぽになってしまった夫の喉には、冷たい風が猛威を奮っているに相違ない。

こんなに総て切除してしまっても、人間は生きていられるものだろうかと、不安は頭のてっぺんから足の先まで、雷光が走るようにピリピリ疼いた。

処置が済み、ＩＣＵで夫と面会したのは、十一時を少し過ぎていた。私たちの他には誰もいない。

警備員の人が巡回していて、「帰る時は非常口から」と、事務的に言ったのを覚えている。

白衣を着て、ＩＣＵに入る。首を固定して、何本もの管に繋がれた夫が、ベッドに横たわっていた。

意識が戻って来たらしく、看護婦は「解ったら目ばたきを三回して下さい」と、話しかけていた。どこかで見たことのある光景だった。まるで、テレビ・ドラマの一シーンを見ているような錯覚に陥る。

だが、これはドラマではない。夫がベッドにいて、私たちがここにいる。まぎれもない現実なのだ。涙が出てどうしようもなかった。

ほんの数分間の面会で部屋を出される。まっ暗な夜中の道路に、吸い込まれてしまいそうな身を、かろうじて支え、息子の運転する車で一路帰宅の途につく。夢であって欲しい。心の中で何度、そう叫んだことか。

翌日は、ＩＣＵから出て個室に入る。

体中、管だらけで、まるで人造人間だ。砂袋で固定された首。胸元まで覆われた包帯。その下にある悲劇を覗くことは、怖くて出来ない。言葉のない夫に、どう言葉をかけてよいのか解らず、私はそっと彼の手に触れてみた。夫は目を開けて私を見つめた。彼の潤んだ目の中に、私が小さく写っていた。

人間の体の神秘とも言える回復力には、毎日驚きの連続だった。一本、また一本と体から外されていく管。あれ程の大手術にもかかわらず、五日目にはベッドから降ろされて、少し歩行練習をしたとの話に、びっくり。

携帯用のボードに、ようやく文字を書き筆談開始。

主治医によると、「十日間経過すれば、大丈夫」という話だったので、早く日が経つことばかりを考える毎日だった。だんだん顔の腫れも引き、顔色も良くなり、順調に回復への道を辿り、夫は貴重な命を取り止めることが出来た。

現代医学への驚嘆。改めて、めざましい医学の進歩に対して、賞賛と感謝の気持でいっぱいになる。

夫の頑張りは、係の看護婦も目を見張るばかりで、

「私の方が、ついて行けないわ」

と、笑いながら積極的な姿勢と忠実ぶりに、優等生の患者という印を押してくれた。

手術後、約二十日経ってからようやく飲み物が、作られた食道から入る。自分自身の口から、しばらくぶりに胃の中へ入る飲み物の感触は、おそらく生きている証を実感したのにちがいない。恐れと、不安を道づれにしての、新しい食道の開通式だったと思う。テープ・カットも自分の手で行い、喜びが遠慮がちにジャンプする。

しかし、喉を全部取ってしまったということは、呼吸も、鼻や口からすることが出来ないのだ。気管口を胸と首の間ぐらいに空け、そこから呼吸をしなくてはならない。

体の構造が変わり、一生涯続くことになるアフター・ケアの大変さがしのばれ、夫がかわいそうだった。

何重もの障害を背負った体で、これからの人生に立ち向かっていくには、余程強い意志を持たなくては挫けてしまう。夫のことが心配だった。どこまで頑張っていけるのか、その事だけが脳裏に濃い霧を広げた。

大変な手術を乗り越えることが出来た彼だから、きっと明るい方向へ歩いて行けると私は信じていた。

世の中には、いろんな障害を持った人たちがいる。内

心、他人ごとと思ってしまっていたことが、我が身にふりかかった時、どう対処して切り抜けていったらいいのか、途方に暮れてしまうとは……。

人は誰でも、幸と不幸を背中合わせに持っている。どちらに転んでも、自分を見失うことなく、冷静に判断出来る力を持ちたいものである。

退院の日が近づくと、自宅で行う気管口の保護のために、ネプライザーを購入。食事のこと、湿度の管理等、退院後の看護の不安が目を覚ます。退院出来る喜びと不安とが絡み合って、私の心の中を駆け巡るのを、そっと押さえて……。

声帯を摘出しても、食道発声法というのがあり、その訓練を受ければ言葉を話すことも可能になると看護婦に言われて、小田原にある『銀鈴会』を尋ねる事にした。

主治医は、「声帯だけでなく、食道も本物ではないので、訓練してもまず無理でしょう」と、希望の灯を消すような言葉を平然と吐いた。

「患者の気持をもう少し考えて、物を言って欲しい」内心怒りの炎が燃え上がって来たが、挑戦もしないで諦めることはないと思いかえして、炎を鎮めた。

私は夫につき添い、初めて外出許可をもらい、その会へと出向く。

久方ぶりに吸う外の空気に、夫は生きている喜びを噛みしめていたのにちがいない。夫の目に生気が漲っていた。ちょっぴり心配の気持を連れて、私たちはロマンスカーに乗り込んだ。

楽しそうに弾む旅行者の声。そこには普通の時間が、流れていた。私も平常心を装い、夫を見守る。きっと近い将来、出来るであろう二人の旅行のことを信じて。

『銀鈴会』を尋ねて、私は今まで全く知らなかった世界があることを知り愕然とした。

失った言葉を取り戻すため、人間として生きるために意志の伝達手段としての言葉を求めて、血の出るような努力を続けている人たちに、深い感動を覚えた。

指導員の方々も、同じ喉摘出者である。自分の経験を生かし、まさに身をもっての熱心な発声訓練の指導には頭が下がるおもいだ。

しかし、指導員はボランティアの活動のようである。このような環境に置かれた人たちの事を、行政はどれだけ知っているのだろうか。大きな疑問がまた拡がる。福祉の充実は、まだまだ遠い存在であると、嘆かわしい現実を見せつけられた。

「あ」という一音を出すまでに数ヶ月を要しても、コツが掴めずに、出せない人もいるようだ。腹式呼吸で息を吐く時に、食道を震わせて音を出させる。私たちが頭で考えても、難しそうである。

喉を摘出してしまった人たちが一堂に会し、必死で声を出すために頑張っている姿は、「当然」を失った人間の必死の叫びであり、神々しい気すらするのだった。

人が言葉を喋るということは、当然なことであり、何の疑問も抱かなかった今まで。

当たり前を失って、遅ればせながら知る、当たり前に生きていける幸せとその重み。

不可能だと主治医に言われても、諦めずに私も一緒につき添って訓練に通い、一年が過ぎた。夫は最近では、結構話ができるようになり、筆談も稀になる。人間、決して何事も諦めは禁物だ。医師の言葉を鵜呑みにしていたら、何も生まれてはこなかったであろう。

夫の強い意志と努力する気力は、ナポレオンを超越する程で、私は彼を夫に選んだことを誇りに思った。

一ヶ月一度の定期検診の際、私は心の底に燻っていたものを、主治医の前に曝け出し成果を報告した。主治医は「今まで例がなかったので……。貴方が例を作ってください。期待してますよ」と、さほど驚く様子もない。

何か、すっきりしないものが、いつまでも心に残る。もやもやする何かが、病院の澱んだ空気の中を飛び続けて追いかけても、それはあまりに大き過ぎ、摑むことが出来なかった。

夫の強固な意志は、ついに復職というスーツを、再び着る栄誉を招いたのだった。たとえ辛くても、現実を真正面から受け止めて、前進するしかない。

一家の大黒柱としての自覚を、決して忘れなかった夫。その後押しが出来るのは、妻である私だけである。

夫の病気を通して、見ることが出来た様々な世界。困難に遭遇した時に、ほんとうの人間の真価がわかると言われるが、私は改めて強い夫を見る機会を得た思いがした。そして、自分たちを取り巻く多くの人たちの中に人間の優しさ、醜さが明らかにされたのも事実である。

天が与えてくれた人生の試練。決して無駄にはしまい。まだまだ起こりうる苦難の道を、私は夫と共に二人三脚で歩いて行く。身近な日常を大切にして。

詩誌「竜骨」第23号　一九九六年十二月

蛇の視線

雨の音がはげしい。家の中にいても気になるほどの雨脚が、ガラス窓をたたきつけている。うっとうしいというより、梅雨という概念を覆したような強烈な降りかただ。

梅雨の季節といえば、しとしとと細い雨が新緑の柔らかな肌をくすぐり、人の心にも湿り気をもたらしてくれるような感覚がある。

しかし近ごろでは集中豪雨が押し寄せたり、季節外れの台風が襲ってきたりで、どこか地球の歯車が狂いはじめている。この異変も温暖化による悪戯の一つなのだろうか。

だが窓越しに見える庭木の緑は雨など、ものともせずに歓喜の声をあげて、枝葉を四方に勢いよく伸ばしている。

ユスラウメの小さな赤い実が、すずなりだ。春先にびっしり咲いた花が実を結んだのか、風が吹くたび赤いルビーのような顔を葉の間からのぞかせて、雨の恵みに感謝をしているようだ。

長井幸子はリビングのソファーに深く腰を沈めて、視界に写る窓外の景色に目を注いでいた。まるで大きな水彩画の中に迷い込んでしまったような錯覚におちいっていた。

ピンポーンと、そのとき玄関のチャイムがなる。こんな雨の日に、いったい誰だろうと訝りながら彼女はドアホンに映し出された映像をみる。

「あら、お向かいの奥さんだわ」

幸子はテレビを見ている夫の恵介に目配せをしてから、玄関のドアーをあける。そこには中川光枝が、雨のすだれを背にしょんぼりと立っていた。すぼめた雨傘の中から、ぽたぽたと滴がしたたり落ちている。悪天候にもかかわらず訪ねてくるからには、余程の急用があるにちがいない。幸子は「おはよう」と彼女に軽く会釈をする。

道路をまたいだ真向かいに、その人の家がある。数年前ご主人を亡くされてはいるが、二人の娘さんはそれぞれ良縁に恵まれ今は悠々自適の一人暮らし。趣味やお稽古事、旅行と自由を満喫され、幸子から見ればいささか羨ましくさえ思える存在の人だ。いつも奇麗に着飾って出掛けていく姿を目の当たりにして、大変な時期もあったろうが一人になった女の立ち直りの早さに驚きを禁じ得なかった。

しかし、今日の彼女はいつもと少し様子がちがう。思い過ごしであろうか、蒼白な顔が苦渋に満ちて潑溂としていたいつもの表情がくもっていた。

「どうなさったの？」

幸子はあまりの変わりように、思わず言葉が先に口をついてでる。

「ごめんなさい、こんな雨の日に。しばらく家を空けますので、一応お耳に入れておいたほうがいいと思って」

そう言って中川光枝は、何かに耐えているかのように力なく視線をおとした。

「家を空けるって…?」

幸子は奥歯にものの挟まった彼女の言い方に、そのわけを聞いていいものやら聞かないほうがいいのか当惑していた。

「実はね、好美の連れ合いが交通事故を起こして入院したらしいの。小さい子供もいるし、私にすぐ来てほしいって電話が入ったところなの。とりあえず様子を見てこようとおもって、こんな雨だけどすぐ行ってきますわ」

「そうでしたの、心配だわね。連絡したいことがあったら、いつでも電話してね」

「ありがとう。とにかくそういうことですので、しばらく家を空けます」

雨のしぶきがぐっしょりと彼女の足もとを濡らしている。庭木の緑の鮮やかさなど、今の中川光枝には目に入る余裕などなさそうだ。幸子は生身の人間が生きていくうえで何の保証もないことを思い知らされる。いつ誰の身に、とつぜん起きても不思議はないのだ。

中川光枝の上の娘さんの早苗は、大学時代の同級生と結婚して、遥か離れた四国の徳島県に住んでいる。ご主人の父親が経営する歯科医院の後継者として、今は一緒に仕事をしていて、将来の院長夫人の座が約束されている。

下の娘さんの好美は、これまた神奈川の横浜からは遠く離れた群馬県に住居を構えていた。ご主人は中小企業だが、父親の経営する会社の専務として働いており、ゆくゆくはとうぜん社長夫人としての立場にある。

輝かしい二人の娘の未来像をいつも誇らしげに語るのが、彼女の口癖で、あまり度がすぎると幸子は反感すら抱くこともしばしばだった。自慢話もほどほどにしないと、その人の人格さえも揺らいでくるものだと、口には出さないが内心おもうのだった。

だが、そんな絵にかいたような幸せはいつ破られるかわからない。ひたひたと迫ってくる黒い影。彼女はあきらかに狼狽していた。崩れかけた中川光枝の優越感。幸子は複雑な感情を抱きながら、彼女の訪れたいきさつを夫の恵介に話す。

「どの程度の事故だかわからないけど、内臓の病気でないかぎり日がたてば治るよ」

「そうね、日がらの問題ね。でも心配でしょうね、好美ちゃん。結婚してまだ十年しかたっていないのに、もう人生の危機にぶつかってしまい気の毒だわ」

「人間一生のうちには、いろんなことが起きるよ。それに負けたらおしまいだ」

「ええ、そうかもしれないけど、親っていつまでたっても心配が絶えないものね。結婚して独立しても、親子の絆は切れないものね。終わりじゃないんだわ」

「あたりまえだろう。死ぬまで親子にかわりはないよ。たとえ死んでも親子の繋がりは消すことはできないのだから」

「そのとおりね」

「でも、好美ちゃんの家にもお姑さんがいるんじゃないのかい。同居しているって、いつか言っていたじゃないか」

「それがね、二年前に亡くなっているのよ。まだ三回忌も済んでないようだし」

「それは気の毒な話だ」

「運命の糸って誰が操っているのかしら」


幸子はふっと大きく息をはく。急に嫁いだ自分の娘の顔がクローズアップされ、中川光枝の娘とだぶって、くるくると風車のように不快な空気を回しつづけている。

＊＊＊　＊＊＊　＊＊＊

あの日から二週間がすぎた。

中川光枝の姿はいっこうに見えない。好美のご主人の症状はどうなっているのかと、幸子は気がかりだった。様子を見に行くと、行ったきり戻るに戻れないでいるのだろうか。

夜のとばりが降りると、きまって明かりが灯っていた彼女の家が、ずっと闇の底に沈んだままだ。家というものは明かりがついていてこそ人の温もりを感じるもの。

幸子は目の前の窓から見える、ひっそりと静まり返った家に、えもいわれぬ悲しみの声を聞いたような錯覚に捕らわれていた。親子四人が暮らしていたときの、明るい華やかな家は昔の絵物語だったのだろうか。娘たちが嫁ぎ、夫を亡くされ、たった一人大邸宅に取り残された中川光枝。

幸子自身も今は夫との二人ぐらし。初老の夫婦にとっては、いつ自分の身のうえにも降りかかってくることかもしれないとおもうと、つくづく身につまされる。

そんな不安な気持ちに取りつかれていた次の朝、中川光枝がひょっこり長井家をおとずれる。梅雨の切れ間の日が斜めにさして、彼女の髪の毛にふりそそいでいる。白髪が少し伸びてしまったのか、染めた部分からくっきりと浮きでていて多忙さを物語っていた。

「おはようございます。昨夜遅く帰りましたの。また、すぐに戻るのですが…」

「たいへんですね。お怪我のほうはいかがですか？」

「ええ。大腿骨を骨折して、手術をしたのですが、頭も打っているようで、意識がまだ戻らないのです」

「心配ですわね。それでまた群馬にいくのですか」

「好美もてんやわんやしているので、今日の夕方には行こうと思いますの。また長くなるかもしれませんが、よろしくお願いしますね。新聞は当分止めるように電話をしておきますから」

「植木の水やりと郵便物はとっておきましたわ。ビニール袋に入れて玄関脇の見えないところに仕舞っておきましたので見てくださいね」

「助かりますわ。よっぽどお願いしようと思ったのですが、なんだか厚かましいような気がして」

「いいんですのよ。困ったときはお互いさまでしょう」

「ほんとうに申し訳ないですわ。好美の子供も一番下がまだ幼稚園に行きはじめたばかりで、送り迎えもあって好美一人じゃ手が回らないので、私が助けてあげるしかないんです」

「あなたも体に気をつけてね」

「ありがとう。いろいろお世話をかけます」

中川光枝は幸子に留守宅のことをたのんだので、ほっとしたように挨拶もそこそこ帰っていった。

正式に植木の水やりと、郵便物をとりこむ依頼を受けたので、これからは堂々と中川家の門を開けることに抵抗がなくなったようにおもえた。好美のご主人が退院するまでの数カ月だろう。おやすいご用だ。遠い親戚より近くの他人というけれども、ご近所は大事にしなくてはならない。いくら親戚でも遠くにいたのでは、急用が足せない。自分もいつ、ご近所の世話にならないとも限らないので、出来るときは最善を尽くしたいと幸子は覚悟をきめた。

翌日からは自宅の植木の水やりが終わると、その足で中川光枝宅の広い庭園にむかった。鉢植えのものは、毎日水をやらなくては、すぐ乾いて息も絶え絶えになる。留守の間に枯らしてしまっては責任重大だ。引き受けたからには、いいかげんなことはできない。

梅雨のうちはよく雨も降り、水やりもそれほど苦にはならなかった。しかし梅雨も明け、強い太陽が照りつけるようになると植木たちは朝夕水を欲しがる。その声に答えてあげるのが、留守番の役目だ。二軒の庭を行ったり来たり、おもったより夏の暑さはきつく、大きな麦藁帽子を目深にかぶって作業におよんだ。

だが、その後一カ月が過ぎても中川光枝は家に戻ってこない。いまどんな状況になっているのかとあれやこれや詮索するが、事実はかいもくわからなかった。

幸子は今日も中川家の門を開けて、邸内にはいる。巻かれていたホースを解き、いつものように勢いよく放水する。乾いた土壌は待ってましたとばかりに水分を飲み込み、かすかな呼吸をはじめる。水まきを始めると、いつも不思議なことに雀たちの鳴き声が急にさわがしくなる。この暑さで葉っぱに溜まった水分で、嘴を潤すことができると思っているにちがいない。

そのとき鉢と鉢の間を、何かがずるずると横切った。錯覚ではない。たしかに視界に入ったものがある。ゆるやかだが、素早く地を這うようにうごくもの。恐る恐る近くに寄って確かめてみる。蛇だ。長いその生き物は、水の匂いに誘われて姿を現したのだろうか。背面は暗褐緑色をしているのでたぶん青大将にちがいない。最近は、ついぞお目にかかることがなかった。

「キャッ」と、幸子はおもわず悲鳴をあげて身をすくめる。なんとも無気味な生きものだ。動悸が激しくなりはじめた。蛇嫌いの彼女は、持っていたホースを咄嗟に放りなげた。蛇もその気配を察知したのか驚いて逃げるように、みるみる姿態をくねらせて物陰にきえてしまった。

幸子は放心したように佇んでいたが、気をとりなおして水まきの続きをする。ふたたび蛇が現れないかとびくびくしながら、広い庭園を目を皿のようにして嘗めつくす。

青大将なら毒はないので危害を加えることはないだろうが、全長一メートル以上もありそうなその爬虫類には、どうしてもなじめない。乾いた大地を苦しそうに這いながら水や食べ物を求めて、生きるためにのたうちまわっていたのだろうか。食料となる鼠も近ごろでは見たこともない。もしかしたら水をまくと集まってくる雀たちを狙って、蛇は姿を現したのかもしれなかった。

＊＊＊　＊＊＊　＊＊＊

幸子が家に戻ると待ち構えていたかのように、恵介が玄関へ走り寄ってきた。どこへ行っていたんだと言わんばかりの形相をして、なんだかあわただしい。

「幸子、ちょっと見てくれ」

彼は着ていたTシャツを無造作に脱いで、彼女の目の前に背中をさらした。

「いったい、どうしたの？」

「今、散歩にでかけたのだけど、とたんに体中が痒くなって、手も足もすごい湿疹が吹き出しているんだ。急いで帰ってきたんだけどお前はいないし…」

「ごめんなさい。いつものことだけど中川さんちの植木の水やりに行っていたのよ」

「とにかく、どういう状態かよく見てくれ」

幸子は驚いて背中を見ると、まるで火ぶくれのような湿疹が一面にひろがっている。いったいどうしたらいいのか、こんな酷い状態では薬のつけようがない。幸子はおろおろして、

「すぐ病院へ行きましょう」と彼をうながす。

時計を見ると十時半になろうとしていた。受付時間は十一時までだ。かかりつけである大学病院の皮膚科の窓口に状態を説明して、すぐ行く旨電話で依頼する。

「十一時までにはお入りください。受付に来られたら、処置室へ行っていただきますのでお声をかけてください」

と、事務的な受付の人の返事がかえってきた。

「あなた、車の運転は無理でしょうからタクシーたのむわね」

「なんでもいいから、とにかく早くしてくれ」

幸子はどうてんしている気持ちを、懸命に鎮めようと冷たい水をコップ一杯飲みほした。ところが肝心のタクシーは三十分ぐらいは掛かるという返事だ。それでは受付時間に間に合わない。

「自分で運転して行くからいいよ」

たまりかねて恵介は運転免許証をポケットにねじ込むと、もう玄関にむかっていた。

「大丈夫なの?」

「仕方ないじゃあないか。一刻も待てないよ」

幸子もそうするしかないと思い、あわてて戸締りをして彼の後を追う。屋根のない駐車場に置いてある車の内部は、むんむんとしてまるで温室のような暑さだ。冷房をかけるやいなや、彼はまだ冷えていない車に乗り込みすぐハンドルをにぎった。座席のシートが焼けた鉄板のようで、お尻から煙がでそうだった。

運転している恵介の顔を横目で盗み見ると、苦痛で額に縦じわを深く刻み汗がながれている。首のほうにも、同じような湿疹がでていた。

「あなた、大丈夫?」

「うるさい! 黙っていろ」

恵介のやり場のない苛立ちは頂点に達しているようで、幸子の言葉さえも耳障りなのにちがいなかった。彼女は早く病院に到着することだけを、ひたすら祈るだけで、彼を刺激してはならないと強くおもった。病院までは三十分近くかかる距離なので時間的にはぎりぎりだ。でも電話を入れてあるので、少しぐらいは大目に見てくれるであろうと自分に都合のいい解釈をして納得しようとしていた。

ようやく病院に到着したが、腕時計を見ると十時五十五分、なんとか時間内の滑りこみができそうだった。

「あなた、私が先に受付してますので車を駐車場に入れたら皮膚科の外来に来てくださいね」

幸子は車を降りて病院に駆け込んでいった。皮膚科は三階なのでエスカレーターに飛びのる。じっくり待てずにその上をせかせかと歩きだした。受付につくと、すぐ診察カードを到着確認機の入口に挿入する。

「先ほどお電話しました長井と申しますが、今主人は駐車場に車を入れております。参りましたらよろしくお願いいたします」

と、息せききって保険証を受付にさしだした。時計は十一時きっかり。セーフだ。

「ご主人、お見えになったら声をかけてください。それですぐ処置室へお入りになっていただきますね」

「わかりました。お願いいたします」

幸子はともかく受付時間に間に合ったので、ホッとする。

冷房が効いているのに小走りにやって来たので、止まったとたん汗がいっきに噴きだした。彼はすぐ来るであろうから、幸子は受付の隅に立ったままバッグからセンスをとりだして、汗を鎮めるように顔に風をおくっていた。

しかし十分、十五分、二十分、と時間はどんどん過ぎていくのに恵介はいっこうに現れない。駐車場に車を入れるだけだというのに、時間がかかりすぎるではないか。幸子は言いようのない不安の虜になる。

「変だわ。何かあったんじゃないかしら。せっかく受付時間に間に合ったというのに、いったい何をぐずぐずしているのかしら」

幸子は苛立ちと不安感のいりまじった感情をかかえて、エスカレーターの下を覗いてみるのだがそれらしい影は見当たらない。

三十分過ぎても現れない恵介。いよいよ、ただごとではないと感じた幸子は受付の人にたのんでみる。

「まだ来ないのですが何かあったのかもしれませんので、院内放送をしていただけないでしょうか」

「でも、病院の外でしたら放送しても声は届きませんから、もう少しお待ちになってください」

「そうですか。私が見に行けばいいのですけど、駐車場は沢山ありますし、どこに車を入れたか私確認しておりません。もし行き違っても困りますので」

「ですから、お待ちになるしか方法はないんじゃないですか」

「わかりました」

幸子はそれでも落ちつかず何度もエスカレーターを覗いたり、そこらじゅうを歩き回った。とうとう一時間が過ぎてしまい、完全に何か異変があったのだと、いやな予感が脳裏をかすめる。

受付の人も気になり始めたのか、幸子の様子を時々チラチラと横目でおいかけている。そのとき院内放送が彼女の耳にとびこんできた。

「長井恵介さんのご家族の方、いらっしゃいましたら至急一階の総合受付までおいでください」

幸子は電気に打たれたように全身に震えがきた。やはり嫌な予感は的中してしまったようだ。彼女は飛ぶようにして一階の総合受付へむかった。顔が引きつっていて言葉がもつれていた。

「長井恵介の家族のものですが…」

「長井さんの奥様ですか？　実はさきほどご主人が病院の入り口近くで倒れられて、救急隊の方に搬送されてきました。いま、脳波やCTなどの検査をしておりますので、しばらく待合室でお待ちください」

「……」

幸子は言葉にはならず、ただ小さくうなずいて椅子にどっかと腰をおろした。やっと彼の所在はつかめたが、どんな状態なのか不安はどんどん膨らんでゆき、あらぬ方向へとふわふわ流されていくようだった。

救急車で運ばれた患者が、次々と入ってくる。ここは救急窓口のようだ。長い間冷房の効いている待合室に待たされて体はすっかり冷えきってしまった。こんなことになろうとは思ってもいなかっただけに、羽織る上着もない。

幸子はたまりかねて受付の人に「ちょっと寒くて…。なにか貸していただけないでしょうか」と、言うとすぐにバスタオルを持ってきてくれたので、それを肩からかけて寒さをしのぐ。

途中、恵介の経過を説明しに看護師がやってきたが、検査中なのでもう少し待つようにと言われる。待合室からは一人減り、二人減り、ほんの数人の人しかいなくなり余計寒さがこたえた。夏だというのに冷房の冷えはじんじんと体にしみこんで、幸子は不快だった。心細さが増幅してゆき、耐えることも限界に達していた。

ようやく看護師からの呼び出しがあったのは、大分時間が経ってからのことだった。恵介のベッドの側へ行くと、彼は点滴を受けながら酸素マスクをはめられている。

「あなた…。心配したのよ」

幸子はそれだけ言うとベッドに近寄り、そっと恵介の手を握りしめた。彼の閉じた瞼から一筋の線が尾をひいている。驚いたことにあれほど酷かった湿疹は、すっかり消えていたのだ。医師がやってきて彼の病状の説明をする。

「湿疹は点滴でおさまりました。それから脳波もCT検査も特別異常は見つかりませんでした。意識も回復されてよかったですね。ただ、酸素不足と血液検査ではナトリウムが異常減少しておりますので意識障害を起こしたのだと思います。あまり数値が低いので、再度血液検査をして確認する必要があります。こんな状態ではお帰しできませんので、検査入院して原因を調べたいと思います」

「えっ、入院ですか?」

幸子はあまりの急な出来事に一瞬戸惑ったが、そうするしかないとおもった。彼はじっと目を閉じたまま幸子と医師のやりとりを聞いていたが、半ば諦めたように成り行きに任せるといった表情をしている。

「お願いします」

幸子は丁重に頭をさげ、すべて医師に委ねることにする。入院手続きの書類を看護師からもらって、その場で記入するものもあったが頭の回路が切れてしまったようで、なかなかスムースに事がはこばない。時計を見ると夜の十一時をまわっているではないか。考えてみると午前の十一時から、まる十二時間は病院の中にいたことになる。幸子は車の運転はできないため、今日はそのまま駐車場に車を置いてタクシーで帰宅することにした。

＊＊＊　＊＊＊　＊＊＊

真夜中の闇を切り裂いてタクシーはつっ走る。幸子は乗客となって今、自分が座席に座っていることがどうしても信じられなかった。こんな遅くに病院からの客は、特別な事情があってのことではないかと察しているらしく、運転手は余計な口を利かなかった。そのことが幸子にはありがたかった。もしなにか聞かれたらいやだと思ったが、タクシーの運転手は十分こころえているようで黙っていた。

自宅の前で車を降り、幸子は玄関の鍵を震える手でガチャガチャまわした。まるで他人の家に入るようだ。暗い家はじっと息をひそめて幸子を無言で迎えているようだった。明かりのついていない中川家を見ていたあの重苦しい気持ちが、急転回して長井家に矢を向けたようで幸子は身震いする。

病院でもらってきた入院手続きの書類に必要事項を書き込んだり、明日もっていく身の回りの必需品をそろえたりで時間がどんどん過ぎていく。朝、食事をしたきりだったがおなかが空いているのか、いないのかそれすらも分からないありさまだ。しかし何か口にしておかなくては、この暑さにばててしまうのではないかと思い、残り物とお茶漬けをさらさらとかっこんだ。

真夜中にたった一人で食事をしている自分を客観的に眺めながら、幸子はこの事態が現実のものとは思えなかった。

時計の針が二時を指している。幸子は慌てて床に潜りこんだが、初めての一人だけの夜なので恐怖心でなかなか寝付くことができない。多いときは六人家族であった長井家だが一人減り二人減り、とうとう今は夫と二人だけの生活になってしまっていた。

中川光枝もそうだが世の中の一人暮らしの老人の気持ちが、今こそ身にしみて分かるような気がした。孤独感と恐怖心が足の先から体中に這いあがってきて、幸子は闇に押し潰されそうだった。だが夫は検査入院なので二、三週間もしたら帰ってくるはずだ。その間はがんばるしかないと幸子は一生懸命に自分自身をふるいたたせた。

うとうとしていると、ようやく夢の世界の扉がしずかに開いた。扉の向こうには青く澄んだ川が、まんまんと水を湛えてながれている。幸子は夏草が生い茂る川のほとりを、ひとりとぼとぼと歩いていた。

すると急に強い風が吹きはじめ、川の水が大きく盛りあがってきた。そのときだった。水の中から姿を現したのは、一匹の大蛇ではないか。中川家の庭で見た蛇のことが頭のどこかに残っていたのだろうか。

幸子は腰を抜かしそうになり逃げようとするのだが、足が思うように前に進まない。後ろを振り向くと大蛇はいつのまにか、頭も尾も八つに分かれて彼女に襲いかかってきた。まるでヤマタノオロチだ。

幸子は自分のうなされる声で目を覚ますと、枕がぐっしょりと濡れている。天井からヤマタノオロチの赤い目が、らんらんと光っているようで恐ろしくてもう眠るどころではない。風が雨戸を震わす微かな音にも脅える始末で、夜の明けるのをじっと待った。夏の朝は早く白みはじめる。まもなく夜明けだ。幸子は今日の段取りを頭のなかで考えて、スムースに事がはこぶようにチェックする。車も病院の駐車場に置いたままなので、連絡かたがた娘の尚美に頼むしかないとおもった。

早く目覚めてしまったので暑くならないうちに、自宅の水やりを済ませて、急いで中川家にむかった。昨日の蛇がまた出てきそうで気がおもい。大蛇の夢のことも重なって恐ろしさが倍増していた。早く切りあげて家に戻り、簡単な食事をすませて病院へでかけた。

病室も決まっていなかったので、分かった時点で尚美に電話をしようと幸子は考えていた。恵介は今日も酸素マスクを付けたまま点滴をうけている。血液検査は毎日してナトリウムの数値をしらべるそうだ。神経内科、呼吸器内科、循環器内科の先生方がスタッフを組んで治療にあたる旨説明される。

病室が決まったので娘の尚美に電話をいれる。話を聞いた彼女の驚きようが声から伝わってきた。近距離に住んでいる尚美は、まもなく病院にやってきた。

「おとうさん、大丈夫なの？　私びっくりして心臓が止まりそうだったわ」

「ごめんなさいね、驚かせてしまって。でも、もう落ち着いているから心配しないで。車のことがなければ黙っていたかもしれないけど」

「何言ってんの。親子でしょう。知らせるのが当たり前じゃないの」

「だって、小さい子もいるし、いちいち呼び出されたら尚美だってたまったもんじゃないでしょうから」

「そんなことないわ。親が入院したのも知らなかったら、かえって笑い者よ」

「でも検査入院だからおおげさにしないでね。肇くん大丈夫だったの?」

「主人のお母さんがすぐ近くだからお願いしてきたわ」

恵介は娘の姿を目にすると照れくさそうに「ごめんな」と酸素マスクを少しずらして小声で言った。尚美はそれに答えるように恵介の手を握ってほほえんだ。

「検査結果が問題ないといいわね。でも、どこか悪いところが見つかっても治せばいいのよ。外は暑いから避暑にきていると思えばね」

娘の若々しい元気な声に、恵介はかすかに顔をくずして小さくVサインをおくる。

その日から又検査づくしの日々がつづいたが、ナトリウムの数値はいっこうに上がらない。入院以来生理食塩水の点滴を一日中しているのにどうしたわけか医師も原因が分からないようだ。幸子は毎日暑さの中をバスで病院へ通いながら、恵介の様子をうかがっていた。どの検査も特別な異常はみつからないそうだ。ナトリウムの数値も多少あがってきて、酸素量もおちついたので、あとは外来で診察を受けることになった。三週間過ぎたところで、ようやく退院のはこびとなる。まだ不安な種を残しながらも、ともかく退院できることに、恵介は胸をなぜおろしているようだ。なんといってもわが家に勝るものはない。

幸子はようやく一人だけの不安な夜から解放されることになった。

＊＊＊　＊＊＊　＊＊＊

中川光枝は恵介の入院中も、とうとう帰ってこなかった。夏も終わりに近づいてきているのに、どうされたかと心配な気持ちをかかえて中川家の門をあける。蛇のこともあったが、毎日の病院通いで多忙をきわめていたせいもあり植木の水やりも雑になっていたことはいなめなかった。今日はたっぷりと愛情をこめて水をあげようと放水をはじめる。

　するとそのとき、留守でいないはずの中川光枝の家のガラス窓が、とつぜん開いて中から彼女が姿をあらわす。

「おはようございます。ごめんなさいね、昨夜遅くかえったのですが、疲れちゃって今まで寝込んでしまいましたの」

「そうでしたか。いいのよ、あと少しだから水やり済ませちゃうわ。それで、いかがですか？」

「ええ、なんとか落ちついてきましたの。幸い頭は打撲だけで済んだようで、意識をとりもどしましたの。大腿骨の骨折の方は、治るまでにはまだ当分かかりそうですが、一応目安がつきましたので安堵いたしました」

「それはよかったですね」

「ええ、当分家に戻ってますけど、ときどき様子を見に行こうと思っています。わたしも若くはないし最近疲れちゃって。暑い間中、植木の水やりをお願いしっぱなしで申し訳ありませんでした」

　幸子は夫の入院のことは黙っていた。すでに退院しているることだし、彼女に余計な気をつかわせるかもしれないので、あえて耳に入れることもない。ただ蛇のことだけは話しておいても差し支えないとおもった。

「このあいだ、青大将がでてきたのよ」

「えっ、どこに？」

「あそこの鉢と鉢の間をすりぬけて、どこかに消えてしまったの」

「あら、怖いわ。どこにいったのかしら」

「私もびっくりして、心臓が止まりそうだったわ」

「最近蛇なんて見たことなかったわ。こんなところにいたなんて驚きだわ」

　好美のご主人も快方に向かっているようだし、中川光枝の顔にも少しだけ明るさが戻ってきているように見受けられた。幸子もひとまず重い責任を果たしたような爽やかな気分になる。急に襲ってきた二つの嵐が、次第に勢力を弱めて遠のいていく気配をかんじていた。

　もしかしたら蛇はどこかの陰から中川光枝と幸子の会話にじっと耳をかたむけ、人間の不慮の事故の顛末を見届けようとしているのかもしれない。

幸子の夢に現れた大蛇はスサノオノミコトが退治してくれたのか、その後は二度と姿を現すことはなかった。

文藝誌「セコイア」第33号　二〇〇八年十月

解説

内藤リアリズムの展開

高橋次夫

この詩集『稚魚の未来』は内藤さんの六冊目である。あとがきの冒頭に〈このたび六冊目となる詩集を出版する運びとなりました〉と書き出している。詩歴の裏付けがあっての言葉である。北川冬彦の「時間」で同人として一九七七年から一九九〇年の終刊までの修練は大きい基盤となった筈である。同人になる以前にも冬彦との繋がりがある。内藤さんの勤務先の社誌で、冬彦が選をしていた詩欄に投稿していたということが、内藤さんの第一詩集『嵐のあと』に記されている。この一連の冬彦リアリズムの洗礼を受けた基盤は、この度の詩集にも充分な力となって顕れている。この経過のなかで内藤さんの身についたものは、あとがきにも記されているように、間違いなく〈ネオリアリズムの精神〉であり、その中味として、リアリズム、イメージ性、それに批評性、この三点がびっしり刷り込まれたのであろうと思われる。それは巻頭に据えられた「石蕗の花」の後半三連に見えてくる。

光を　ふんだんに食べて咲く
きらびやかな　花でなくてもいい
どぎつい香りを振り撒く花でなくてもいい
涙する優しさや　労わりの気持ちを
抱くことができれば　それだけでいい

葉の間から　すっくと背伸びして
見渡す石垣の向こう
いたるところで
黒い影が揺らめいている

世の中に犇く理不尽な行為に
義憤をこめる

こわばった心をほぐしながら
色褪せても　なお信念の旗を振りつづける

この詩の形は収録された三十八篇の殆どにゆきわたっている。そのリアリズムがどのように捉えられ、どのように顕れているか、そこに内藤さんの特性を私は見るのである。基本的には日常性の中に焦点を当てていることと、社会性の濃い事象、またご家族に訪れた辛い現実であるが、それが単純な表面描写では終わらない。遂にはその背面にまで視線が貫いてゆくのである。「跳べない蛙」の一、二、三連にそのリアリティを見せるが、四、五連に内藤さんの独特の視座で捉えた世界を突きつける。後半に入ると、蛙がただの蛙では終わらなくなる。この筆致こそ冬彦仕込みの〈内藤リアリズム〉ということだろう。その五連までをつぎに引いてみる。

小さな蛙が一匹／喘ぎながら／ぬめりの岩場にしがみついている／／銀色に濡れた体をひからせ／時折揺れる木々の緑に／目を細める／今にも落ちそうな目玉だけは／しっかりと　瞼の奥に押しこめて／／跳ぶことのできる大きな後肢／指には水掻きもある／それなのに　なぜ跳ぶことをためらうのか／／意志に逆らい／じっと　その場に蹲る蛙／跳びたくても／跳べないジレンマに涙をこらえている／いつも妥協という腐った果実が／臭気を放って目の前に　ぷかぷか　と／／進むどころか／後ずさりさえ　しなければならない時もある／餌食となる虫たちの乱舞／嘲りの笑いが飛び交う／岩場から転落してこそ　何かを／摑むことが出来るのかも知れないのだが

内藤さんのもう一面の特性は強靱な精神性を持ち合わせているということであろう。鋭い社会批判もその一端の現れであるが、反面強烈な試練に出遭ったとしても真正面に向き合う勁さである。つぎの「発芽」にその意志の勁さが見られる。これは或いは内藤さんの〈生〉の原点と言っていいのかも知れない。読み手の気持ちを惹きつける拠点でもある。その全文を引いておく。

葉が落ち　からっぽになった欅の枝に／未練がましく　絡みつく恨みごと／あの秋の日の　激しかった台風の置き土産に／心は揺さぶられ／／潮風をまともに受けて／茶色く縮れ　哀れな姿に変身した木々の葉／紅葉を待たずに／吹き溜りの屍となって蹲る／／当然　いつものように艶やかな衣装が／届けられると信じていたのに／袖を通すことすら叶わず／背信の憂き目に　いじけて寒空を睨む／／すぐ隣では　被害を受けた楓や桜の木も／同じ想いに唇をかみ締めている／かろうじて　難を逃れた木々に燻る残り火を／上目使いに　じろり／しゅんかん　異彩を放つ稲妻／／けれど　悔恨だけをぶらさげていたって／何も生まれてこないじゃないの／苦い仕打ちを飲みこんでしまえば／根元から突き上げてくる声韻が聞こえるはず／幹の中を逆流する濃厚な樹液／／からっぽになった枝には　すでに／新しい息吹が蠢き始めている／凶暴な北風の妨げを受けても／希望の発芽に　怯みなど微塵もない

先に冬彦に刷り込まれた三つのこと、リアリズム、イメージ性、批評性について書いたが、つぎに引く「見えない」には、それらが進化した形で顕れていると私には感じられた。自意識のなかに沸き上がってくる老化という現象は具体的な事物で示すことは難しい。この心象のなかに揺らめく世界を、なんとかイメージの形で捉えようとする試みがこの詩篇に見られるということである。この手法はこれまでの詩に見えていなかったが、詩作を積み重ねてきた結果としてここに至ったといってよいと思う。意識とイメージと言葉とを制御し得るということは今後大きな武器になるだろうと思われる。

振り返っても／そこには誰もいない／／でも　じんわりと体に纏わりつく何者かが／確かにいるのです／すた　すた／すた　すた／足音だけは止むことなく／私の後から執拗に　ついてくる気配がするのです／／脳の明かりを　つけたり　消したり／

おや　停電かな／悪戯好きのようだが／いっこうに姿を見せようとしない／くっ　くっ　くっと　嫌らしい含み笑いが漏れるだけ／／いい加減に出ておいで／隠れんぼなんて　卑怯だよ／肩の上に　ずっしり重い石を積み重ねて／今度は何を企んでいるのかい／逃げたくても／どうにも逃げられない迫力に　がんじがらめ／／すた　すた／すた　すた／足音がいちだんと高まる／ついに私の靴のなかにまで潜り込んで／踵に嚙みつく（以下略）

最後に「夏の残骸」この一篇を見ておかなければならない。これは他の詩篇とはやや趣を異にしている。日常や身近にある事物を対象にしているのではなく、夏の終わりの風景そのものに絞ってイメージを展開しているのである。その方法に今までなかった新しさ、内藤さんにとっての新しさが私には感じられたのである。情景描写にぎりぎりまで拘りながら、その底流に批評性を孕ませているところが見所なのである。このリアリズムの方法が、本人として明確に意識されたものなのかどうか、今の私には分らないがいずれにしてもこの詩篇がここに存在しているそのことが大事なのである。間違いなくこの詩は内藤さんが生み出したものであるから、その本質となる骨格は醸成しつつあると私は信じたいのだ。その全文を記して本稿を閉じることにする。

秋の入り口が開かれ
奥のほうから　誰かが手招きする
誘われるままに　素足で中へ

強い日差しに
焦げた肌と　爛れた心の痛みを摩る
秋色の吐息が項を擽ると
ふたたび海へ感情が流され

夏の残骸を
捨てに来たのに
海は無愛想な貌を泡立て
それらを受け取ろうとはしない

砂浜に打ちつける白い飛沫
飛び散り　砕け
終わりのない戯れが　ひととき息を止めると
浪は沖の彼方へ
逃げるように身を引く

砂に埋もれた足の上に
捨てたはずの破片が秋風のボードに乗り
押し戻されてくる
当惑する思念
伏せた瞼が重たい

赤く染めあげられた海原は
落日の時を知っていても
人の心の深さを量ることはできない

詩誌「竜骨」第87号　二〇一二年十二月

ネオ・リアリズム詩人の光彩

中村不二夫

1

内藤喜美子は北川冬彦主宰の「時間」同人であった。現在師弟制度は死語と化し、だれもが主宰を抱かず同人誌を発行し、自由闊達に詩が書ける時代である。かつてはこうした師弟制度はふつうで、その中身の違いはともあれ、秋谷豊の「地球」、星野徹の「白亜紀」、筧槇二の「山脈」、高田敏子の「野火」などの主宰者たちの姿が即座に思い浮かぶ。私の見た限り、主宰者たちは手厳しくも愛情をもって同人たちを叱咤激励していたようにみえる。今は指導者自体が権威を嫌い、みんなと同じ目線に立つことを基本に詩誌活動が営まれている。ある意味、それは楽であり、これでは、詩の歴史の継承と発展ができるはずがない。何より詩界のリーダーは数十倍の学習を要求されるし、上に立つことのプレッシャーも尋常ではない。このように詩界の民主化は行き過ぎると中身が空洞化してしまう。

内藤は勤務先の文芸誌への投稿から詩を出発させ、そこでの選者が北川冬彦であった。内藤の才能が認められ、北川の跋文で第一詩集を出すなど、まさに生粋の北川門下の詩人の一人といってよい。

戦前、北川冬彦は公然と芸術至上の「詩と詩論」を批判し、ネオ・リアリズム路線の「詩・現実」を創刊した反骨詩人である。さらに、戦前第一次「時間」の創刊を経て、一九五〇年五月には第二次創刊に至る。

内藤はこの北川のネオ・リアリズム詩論を軸としながら、独自の詩法を練りあげていくこととなる。本文庫で北川に見出された一人の詩人が辿った修辞的系譜、そのすべてが読めるのがうれしい。

私は内藤の小説集『残響』について、往復書簡というタイトルのエッセイを書いたことがある。本文庫にも小説が収録されているが、それは詩作とは密接不可分の関係にあって、内藤詩解読の重要なテクストとなっている。本文庫の内藤の経歴を辿ると、労働基準監督署勤務（一九八四年―一九九六年）、医療事務関係での病院勤務などが記されているが、私はここで初めてその稀有な職業的情報を知った。つまり、内藤はそれらの業務を通して、ふだんは分からない人間社会に隠された裏面史を感受し、それが文学形成につながっていったことがうかがい知れる。もちろん、内藤の仕事は守秘義務が伴うので、中身はかなり脚色されてはいるが、『残響』は様々な欲望に翻弄される現代人の内面をリアルに描いてきわめて印象深い。読者には一読を勧めたい。

内藤の夫は働き盛りに病気で声帯を奪われる悲痛な経験をしている。これは等級からいえば、最上級に位置するほどの社会的ハンデである。巻末のエッセイによれば、そこからの夫婦揃ってのリハビリは、医師の診断を乗り越えてしまうほどの壮絶な戦いであった。巻末のエッセイ「天与の試練を超えて」にその心情が詳しく書かれている。その中のつぎの言葉はわれわれが文学を営むことの意味を示唆して感慨深い。内藤の詩を読む上で、これに優る解説はない。

喉を摘出してしまった人たちが一堂に会し、必死で声を出すために頑張っている姿は、「当然」を失った人間の必死の叫びであり、神々しい気すらするのだった。

人が言葉を喋るということは、当然なことであり、何の疑問も抱かなかった今まで。

当たり前を失って、遅ればせながら知る、当たり前に生きていける幸せとその重み。

リアリズムという観点からみて、これを越えた事象を想像するのは考えられない。いわば、ここでの現実の上にはもう一つの詩的現実そのものが存在しない。いわば夫の病はリアリズムの極致を行くものであって、そこに付加するものがあるとすれば、それは創造活動を超えた宗教的な祈りにちかくなる。つまり、その部分だけは詩的レトリックを回避せざるをえず、そのために散文的な小説も必要であったのかもしれない。

そして、ここで内藤は勤務経験を通し、もうひとつの過酷な人間社会の現実を知ることになる。内藤にとって、ここでの内部（夫の病）と外部（労務関係）の現実体験の統合を通し、北川提唱の「現実の上に、さらに新しい現実を」企図した新現実主義詩の実践となっていったのであろうか。ある意味、内藤の詩は従来の感懐詩や抒情詩、社会運動詩の範疇では括れない複雑なものが秘んでいる。

内藤は夫の障がいという予期せぬ出来事に遭遇しながら、北川提唱の新現実主義の忠実な伝道師となって、これまで七冊の詩集を世に送り出してきたことの意味は大きい。戦後詩史の系譜にあって、北川のネオ・リアリズムは一つの潮流となってよいはずだが、その偉大な功績はどこかに埋没してしまっている。「時間」は「荒地」「列島」にも対峙できる戦後詩の嚆矢に位置付けてもよいはずだが、過小評価の理由はどうにも分からない。これについては、内藤論から外れてしまうので他稿に委ねることにしたい。

2

内藤の修辞は第二詩集以降、初期のレトリック優先が抑制されて、現実に物語を語らせる方向に転じていく。具体的にみてみよう。

太陽の輪投げが／盛んになると／心の遊園地に／花が咲く

（「春」・『嵐のあと』）

鳥は鳥であることを忘れていた／／軒下の籠の外に拡がる世界は／その中を飛び回るためにあるのではなく／ただ眺めるためのものだと思い込んでいた

（「羽の存在」部分・『警笛』）

「春」は北川の短詩を彷彿させて魅力的だが、「羽の存在」は実存的で表現領域が深くなっている。以降、部分的には「春」のようなレトリックはあっても、単独ではそのような初期の修辞が展開されることはなくなった。

内藤の夫が病に臥したのは一九九五年八月である。そして、第三詩集『石の波紋』が出たのは翌年の九六年十二月である。この詩集のタイトル・ポエムは中期の頂点を為す力作である。

石を投げる時の／ときめきは／投げる側だけにある／自惚れの証なのか／／それを受け取る側は／決して同じ思いではなさそうだ／無責任なときめきの押し付けは／迷惑という言葉が生み出す／意にそぐわない贈り物／／投げた石の波紋は／向こう岸には容易に届かない／稀に届いたものでさえ反応の薄い手が／岸辺に纏わりついているだけ／／だが／受け止めてくれた石に／真心を忍ばせて投げ返してもらった時／喜びはさらに拡がり／石の温かさが肌に伝わてくる／／石の形を／五本の指で確かめてみると／相手の心が感じられる／相手の言葉が聞こえてくる／相手の顔が石の中に見えてくる

（全篇）

一字一句揺るがせにできない、簡潔にしてすべての思いが伝わる秀作で、それまでの内藤の人生哲学が凝縮している。内藤にとっての日常は、他者の存在を介し、たえず自己の判断を強いられるシリアスな連続ドラマといってよい。あくまで、一人称の私は人生の主人公ではなく、単に石を「投げる」だけで、物事の決定権は何一つ与えられていない。すべての主導権は、内藤の言葉を「受け取る」他者との関係性の中に握られている。いわば送り手と受け手の相互承認となるのだが、投げた石は相手の岸には届かないばかりか、迷惑がられてしまうことさえもある。それでも、投げた石を誠実に受け止めてくれる相手もいる。そのときの喜びは格別で、その一瞬で人生の均衡が保たれているといってよい。こういう人生観は屈折はしているが同意できる。

内藤にとっての詩は絶望の淵にあって、主体を奪還する能動的な作業として創出される。その主体が確保できていれば、日常の表層的なやりとりは大した意味をもたず譲歩できる。だから、こういう「石の波紋」のような詩が生まれてくるのだろうか。

日本の医療は高齢化で財政面でも岐路に立たされている。大学病院の待合室は人で溢れ、弱者は成すすべもなく呼ばれる順番を待っている。「能面」という作品は、ここでの光景を「能面」を付けた演者に喩えた作品である。

3

これまで内藤の詩について、「時間」のネオ・リアリズム受容を起点に、そこからご主人の病と労務関係の仕事を通しての人間観察がモチーフとなっていることを語ってきた。ここからは、少し各論に入っていきたい。

内藤は批評精神の持ち主だが、それは抑制されて前面には出てこない。そんな中で「怪物列車」は強烈なサタイアが理不尽な社会秩序を大胆不敵に剔抉する。

霧の海に向かって／太いレールの上を国という機関が走らす／怪物列車／法という味方を携え／怯むことなく時々牙などむき出して

（一連）

内藤は現場にいてこの怪物の一部始終を観察し、しかも公務員として非人間的な法を適用する側にも立っている。法の怪物ぶりは、まだ成人になったばかりの若い警官が、居丈高に交通違反を摘発する態度に似ている。法は使う側が理性的で抑制されていないと危ない代物である。使う側には一定程度の知性もいるかもしれない。労災もまた、それまでの社会貢献に報いるための制度であるはずであるが、けっしてそう甘くはない。「怪物列車」は内藤の実体験に裏打ちされた鋭い批評が印象的で、ネオ・リアリズムの傑作のひとつである。

別の側面からみると、内藤の詩に「押し葉」（『夜明けの海』）という作品がある。これは女性性が前面に押し出された異色作といってよい。これについての論評は割愛するが、読者にはぜひ注目して読んでほしい。内藤はネオ・リアリズムという社会批評に埋没することがない柔軟で多面的な詩人であることが分かる。この詩集のタイトル・ポエムも含めて、ここで内藤はネオ・リアリズムをいったん保留し、なんらかの言語的変化を考えたのかもしれない。

つぎの詩集『落葉のとき』は、老境が意識され始めている。一九七〇年代、ビージーズで「若葉のころ」という曲がはやったことがあるが、人の耳はいつその季節を逸脱してしまうのか。タイトル・ポエムは「燃焼しきれなかった／わたしのなかの燃えかす／悔恨と未練の葉っぱはまだら模様」と悲観的だが、そこから蘇生する余力が感じられることが救いである。

内藤の詩は、その時々、死者へのレクイエムが書かれている。内藤の実存哲学からすれば、ハイデガーの「人間は死を猶予されている存在」という意味が思い浮かぶ。

「白菊の花園で笑っている父」（「爆ぜる」）、「苦しさから解放され／今　母の魂は安らぎを求め／五月の若葉がきらめく／花園へ向かう柵を越えていった」（「拾う―旅立つ母へ―」）、「まだ記憶に生々しい父の祭壇にだぶって／弟の遺影が花々の吐息の中に埋もれている」（「幻の花便り―弟の死を悼んで―」）、「太陽に向かって／開きかけていた向日葵の花／どうして精彩を失ってしまったのか」（「向日葵の記憶」・若くして散った姪の洋子に）、「冷たい朝のベッドで／天女になった義母は九十二歳」（「蓋を閉める」）などである。

内藤の命の蘇生は孫への賛歌となって現われる。

存在を誇示する大きな泣き声／血を受け継いだ新しい命が／はじけ飛んでいる

（「命の鎖」・初孫悠力の誕生を祝って）

婆は岸辺にいて／糸の端っこを引き寄せ／ときどきあなたを魚のように／釣り上げる

（「孫・まご・悠力」）

落葉は次世代の若葉のために地に落ち、その再生を託す。言ってみれば、人間の使命は与えられた領域で命のリレーを完遂していくしかない。その意味で内藤ほどこの使命を深くまっとうした詩人はいないし、ここでバトンを託す相手がいることは幸せである。

最後に取り上げたいのは内藤の社会性である。「平和に見える地面の底に／思いもよらぬ魔物が住み着いていた」（「傷痕」）、「地の底から聞こえてきたのは／遠いアフガンの女たちや／イラクの子供達の悲鳴」（「突破する」）など。「正体を暴くのだ／奴らを串刺しにしてしまえ／人間になりたかったら／人間としてのルールを弁えるべきだ」（「鬼畜ども」）にみられる鋭い批評精神も論じたいところだが、すでに与えられた紙幅が尽きた。また別の機会に挑戦したい。

内藤喜美子年譜

一九四〇年（昭和一五年）　当歳
神奈川県高座郡有馬村（現在は海老名市）中河一一八三番地に父・尾上源蔵、母・ハナの次女として出生

一九五八年（昭和三三年）　十八歳
三月、神奈川県立厚木東高校卒業（家庭の事情で大学進学断念）
四月、横浜職業訓練所入所、第一部経理事務員の課程を九月、修了

一九五九年（昭和三四年）　十九歳
四月、東京電力（株）入社
在職中、社内誌「東電文化」を通して現代詩部門選者（北川冬彦）の指導を受ける。入選常連者となる

一九六四年（昭和三九年）　二十四歳
十月、内藤裕之と結婚、平塚に転居

一九六七年（昭和四二年）　二十七歳
十二月、長男哲也誕生

一九七三年（昭和四八年）　三十三歳
三月、東京電力（株）退社
八月、長女かおり誕生

一九七五年（昭和五〇年）　三十五歳
神奈川県勤労者文芸コンクール現代詩の部入選（選者井手文雄）。昭和五二年、五五年入選

一九七七年（昭和五二年）　三十七歳
「時間」（北川冬彦監修）同人参加
同年、医療事務技能者認定証取得（二年半程、各病院で業務に携わる）

一九八〇年（昭和五五年）　四十歳
平塚市「私の提言」優秀賞

一九八一年（昭和五六年）　四十一歳
平塚市市民文芸現代詩部門一席

一九八四年（昭和五九年）　四十四歳
四月、詩集『嵐のあと』（時間社）刊行
平塚労働基準監督署非常勤職員として勤務

一九八八年（昭和六三年）　四十八歳
十月、詩集『警笛』（檸檬社）刊行

一九九〇年（平成二年）　五十歳
六月、「時間」終刊まで参加
「駆動」（発行人　飯島幸子）同人参加
一九九一年（平成三年）　五十一歳
「竜骨」（発行人・伊藤幸也、西山壽）同人参加（現在は高橋次男、友枝力）
一九九五年（平成七年）　五十五歳
八月、夫・内藤裕之、下咽頭癌で手術
一九九六年（平成八年）　五十六歳
三月、平塚労働基準監督署退職
十二月、詩集『石の波紋』（竜骨の会）刊行
一九九八年（平成一〇年）　五十八歳
文芸誌「セコイア」（発行人・吉川仁）同人参加
二〇〇一年（平成一三年）　六十一歳
八月、詩集『夜明けの海』（近代文芸社）刊行
二〇〇七年（平成一九年）　六十七歳
九月、日本詩人クラブ入会
二〇〇八年（平成二〇年）　六十八歳
二月、詩集『落葉のとき』（近代文芸社）刊行

二〇〇九年（平成二一年）　六十九歳
文芸誌「セコイア」退会
二〇一二年（平成二四年）　七十二歳
十月、詩集『稚魚の未来』（土曜美術社出版販売）刊行
二〇一三年（平成二五年）　七十三歳
日本現代詩人会入会
二〇一五年（平成二七年）　七十五歳
四月、詩集『夢を買いに』（土曜美術社出版販売）刊行
二〇一六年（平成二八年）　七十六歳
五月、「駆動」終刊まで参加
八月、短編集『残響』（土曜美術社出版販売）刊行

現住所　〒254―0075
神奈川県平塚市中原2―11―9

新・日本現代詩文庫140　内《ない》藤《とう》喜《き》美《み》子《こ》詩集

発行　二〇一八年九月二十五日　初版

著者　内藤喜美子
装幀　森本良成
発行者　高木祐子
発行所　土曜美術社出版販売
〒162-0813　東京都新宿区東五軒町三―一〇
電話　〇三―五二二九―〇七三〇
FAX　〇三―五二二九―〇七三二
振替　〇〇一六〇―九―七五六九〇九
印刷・製本　モリモト印刷
ISBN978-4-8120-2456-0　C0192

新・日本現代詩文庫

土曜美術社出版販売

- 109 郷原宏詩集　解説　荒川洋治
- 110 永井ますみ詩集　解説　有馬敲・石橋美紀
- 111 阿部堅磐詩集　解説　里中智沙・中村不二夫
- 112 新編石原武詩集　解説　秋谷豊・中村不二夫
- 113 長島三芳詩集　解説　平林敏彦・禿慶子
- 114 柏木恵美子詩集　解説　高山利三郎・比留間一成
- 115 近江正人詩集　解説　高橋英司・万里小路譲
- 116 名古きよえ詩集　解説　中原道夫・中村不二夫
- 117 新編石川逸子詩集　解説　小松弘愛・佐川亜紀
- 118 佐藤真里子詩集　解説　小笠原茂介
- 119 河井洋詩集　解説　古賀博文・永井ますみ
- 120 戸井みちお詩集　解説　高田太郎・野澤俊雄
- 121 金堀則夫詩集　解説　小野十三郎・倉橋健一
- 122 三好豊一郎詩集　解説　宮崎真素美・原田道子
- 123 古屋久昭詩集　解説　北畑光男・中村不二夫
- 124 佐藤正子詩集　解説　篠原憲二・佐藤夕子
- 125 川端進詩集　解説　中上哲夫・北川朱実
- 126 桜井滋人詩集　解説　竹川弘太郎・桜井道子
- 127 葵生川玲詩集　解説　みもとけいこ・北村真
- 128 今泉協子詩集　解説　油本達夫・柴田千晶
- 129 柳内やすこ詩集　解説　伊藤桂一・以倉紘平
- 130 新編甲田四郎詩集　解説　川島洋・佐川亜紀
- 131 大貫喜也詩集　解説　石原武・若宮明彦
- 132 今井文世詩集　解説　花潜幸・原かずみ
- 133 中山直子詩集　解説　鈴木亨・以倉紘平
- 134 林嗣夫詩集　解説　鈴木比佐雄・小松弘愛
- 135 柳生じゅん子詩集　解説　山田かん・土田晶子・福原恒雄
- 136 原圭治詩集　解説　市川宏三・長居煎
- 137 森田進詩集　解説　川中子義勝・佐川亜紀・中村不二夫
- 138 水崎野里子詩集　解説　ワシオ・トシヒコ・青木由弥子
- 139 比留間美代子詩集　解説　中原道夫・川中子義勝・中村不二夫
- 140 内藤喜美子詩集　解説　高橋次夫・中村不二夫

〈以下続刊〉

- 1 中原道夫詩集
- 2 坂本明子詩集
- 3 高橋英司詩集
- 4 前原正治詩集
- 5 三田洋詩集
- 6 本多寿詩集
- 7 小島禄琅詩集
- 8 新編菊田守詩集
- 9 出海溪也詩集
- 10 柴崎聰詩集
- 11 相馬大詩集
- 12 桜井哲夫詩集
- 13 新編島田陽子詩集
- 14 新編真壁仁詩集
- 15 南邦和詩集
- 16 星雅彦詩集
- 17 井之川巨詩集
- 18 新々木島始詩集
- 19 小川アンナ詩集
- 20 新編井口克己詩集
- 21 新編滝口雅子詩集
- 22 谷　敬詩集
- 23 福井久子詩集
- 24 森ちふく詩集
- 25 しま・ようこ詩集
- 26 腰原哲朗詩集
- 27 金光洋一郎詩集
- 28 松田幸雄詩集
- 29 谷口謙詩集
- 30 和田文雄詩集
- 31 新編高田敏子詩集
- 32 皆木信昭詩集
- 33 千葉龍詩集
- 34 新編佐久間隆史詩集
- 35 長津功三良詩集
- 36 鈴木亨詩集
- 37 埋田昇二詩集
- 38 川村慶子詩集
- 39 新編大井康暢詩集
- 40 米田栄作詩集
- 41 池田瑛子詩集
- 42 遠藤恒吉詩集
- 43 五喜田正巳詩集
- 44 森常治詩集
- 45 和田英子詩集
- 46 伊勢田史郎詩集
- 47 鈴木満詩集
- 48 曽根ヨシ詩集
- 49 成田敦詩集
- 50 ワシオ・トシヒコ詩集
- 51 高田太郎詩集
- 52 大塚欽一詩集
- 53 香川紘子詩集
- 54 井元霧彦詩集
- 55 高橋次夫詩集
- 56 上手宰詩集
- 57 網谷厚子詩集
- 58 門田照子詩集
- 59 水野ひかる詩集
- 60 丸本明子詩集
- 61 村永美和子詩集
- 62 藤坂信子詩集
- 63 門林岩雄詩集
- 64 新編原民喜詩集
- 65 新編濱口國雄詩集
- 66 日塔聰詩集
- 67 武田弘子詩集
- 68 大石規子詩集
- 69 吉川仁詩集
- 70 尾世川正明詩集
- 71 岡隆夫詩集
- 72 野仲美弥子詩集
- 73 葛西洌詩集
- 74 只松千恵子詩集
- 75 鈴木哲雄詩集
- 76 桜井さざえ詩集
- 77 森野満之詩集
- 78 坂本つや子詩集
- 79 川原よしひさ詩集
- 80 前田新詩集
- 81 石黒忠詩集
- 82 壺阪輝代詩集
- 83 若山紀子詩集
- 84 香山雅代詩集
- 85 古田豊治詩集
- 86 福原恒雄詩集
- 87 黛元男詩集
- 88 山下静男詩集
- 89 赤松徳治詩集
- 90 梶原禮之詩集
- 91 前川幸雄詩集
- 92 なべくらますみ詩集
- 93 津金充詩集
- 94 中村泰三詩集
- 95 和田攻詩集
- 96 藤井雅人詩集
- 97 馬場晴世詩集
- 98 鈴木孝詩集
- 99 久宗睦子詩集
- 100 水野るり子詩集
- 101 岡三沙子詩集
- 102 星野元一詩集
- 103 清水茂詩集
- 104 山本美代子詩集
- 105 武西良和詩集
- 106 竹川弘太郎詩集
- 107 酒井力詩集
- 108 一色真理詩集

◆定価（本体1400円＋税）